1958

O BRASIL É CAMPEÃO

— A conquista que colocou o país no mapa —

CIP-BRASIL. CATALOGAÇÃO NA PUBLICAÇÃO
SINDICATO NACIONAL DOS EDITORES DE LIVROS, RJ

U14m

    Uberreich, Thiago, 1976-
    1958 : o Brasil é campeão : a conquista que colocou o país no mapa / Thiago Uberreich. - 1. ed. - São Paulo : Letras do Pensamento, 2022.
    244 p. ; 23 cm.

    Inclui bibliografia e índice.
    ISBN 9786589344186.

    1. Futebol - Brasil - História. 2. Copas do mundo (Futebol) - História. I. Título.

22-79441   CDD: 796.334668
                     CDU: 796.093.427

Gabriela Faray Ferreira Lopes - Bibliotecária - CRB-7/6643

16/08/2022   19/08/2022

THIAGO UBERREICH

1958
O BRASIL É CAMPEÃO

— A conquista que colocou o país no mapa —

Letrasdo Pensamento

2022

© Thiago Uberreich
© Letras Jurídicas Editora Ltda. – EPP

Editoração e montagem miolo e capa:
@armenioalmeidadesigner

Revisão:
César dos Reis

Fotografia capa:
Última Hora/Arquivo Público do Estado de São Paulo

Fotografia página 1:
Domínio Público

Editor:
Claudio P. Freire

1ª Edição – 2022 – São Paulo-SP
Reservados a propriedade literária desta publicação e todos os direitos para Língua Portuguesa pela LETRAS JURÍDICAS Editora Ltda. – EPP.

Tradução e reprodução proibidas, total ou parcialmente, conforme a Lei n. 9.610, de 19 de fevereiro de 1998.

LETRAS DO PENSAMENTO
Rua Eduardo Prado, 28 – Vila Bocaina
CEP: 09310-500 – Mauá/SP.
Telefone: (11) 3107-6501 | (11) 9-9352-5354
Site: www.letrasdopensamento.com.br
E-mail: vendas@letrasdopensamento.com.br

Impresso no Brasil

Este livro é dedicado aos eternos campeões de 58, ao técnico Feola, a Paulo Machado de Carvalho e aos profissionais de imprensa que cobriram a Copa de 1958.

Agradecimentos

A cada livro que me arrisco a escrever, a lista de agradecimentos só aumenta. Minhas reverências sempre aos meus pais, Téo e Cléo, e ao meu irmão, Davi. À minha mulher, Mariana, ao meu enteado, João Gabriel, aos meus tios, primos, às minhas avós, Cida e Rachel (*in memoriam*), e a todos da minha família e da família de minha mulher.

Agradeço ao jornalista e repórter maioral do esporte Wanderley Nogueira, que me deu a honra do prefácio deste livro. Agradecimentos ao cineasta José Carlos Asbeg, ao meu grande amigo Mauro Beting (sou jornalista por causa dele), ao brilhante Roberto Muylaert e ao amigo e colega de Jovem Pan Paulo Machado de Carvalho Neto, o Paulito, que me brindaram com textos para a contracapa.

Minha gratidão ao editor Claudio Freire, da Letras do Pensamento, que apoia os meus projetos e vibra com a memória das Copas. Ao escritor e botafoguense Bernardo Braga Pasqualette, o primeiro a ler os originais do livro. Sua colaboração foi preciosa. Aos amigos do grupo "Craques do Microfone", nas figuras de Marcos Garcia e Leilane Cozzi, filha do grande narrador esportivo Oduvaldo Cozzi.

Preciso ainda agradecer: Tuta, Joseval Peixoto, Nilton Travesso, José Carlos Pereira da Silva, Vitor Brown, Marcella Lourenzetto, Alex Ruffo, Adriana Reid, Beatriz Manfredini, Vampeta, Flávio Prado, Marcelo Mattos, Daniel Lian, Luis Guilherme Oliveira (Magal), Natacha Mazzaro, Matheus Meirelles, Nanny Cox, Rodrigo Viga, Antonio Freitas, Oliveira Júnior, Vinicius Silva, Paulinha Carvalho, Denise Campos de Toledo, Carlos Aros, Kallyna Sabino, as queridas Dete, Jô e Nalva, Luiz Inaldo, Reginaldo Lopes, Amanda Garcia, Leandro Andrade, Cláudio Junqueira (que me liga sempre no dia do amigo), Marc Tawil, Thiago Nicodemo e Fernanda Santos, do Arquivo Público do Estado de São Paulo, Elmo Francfort, Luiz Carlos Hummel Manzione e ao meu eterno mestre de Colégio Rio Branco, historiador Eduardo José Afonso.

Agradeço à direção da Jovem Pan, nas figuras de Tutinha e Marcelo Carvalho, pelo apoio de sempre e pela confiança em meu trabalho desempenhado à frente do Jornal da Manhã.

Apresentação

Aquela é até hoje uma façanha sem igual na história esportiva brasileira. Nasci dezoito anos depois da primeira conquista da seleção em Copas, mas o fanatismo pelos mundiais me fez viajar no tempo inúmeras vezes e imaginar que estava na arquibancada do Estádio Ullevi, em Gotemburgo, assistindo à estreia de Pelé e de Garrincha diante do "futebol científico" da União Soviética. Os dois grandes gênios do futebol mundial eram ilustres desconhecidos para o público europeu.

Eu também reproduzia as minhas gravações de rádio da época, nas vozes de Pedro Luiz e Edson Leite, e imaginava como era estar aqui no Brasil acompanhando os lances daquela seleção do outro lado do Atlântico. Aliás, até o momento em que escrevo este texto, a seleção brasileira continua sendo a única equipe sul-americana a conquistar uma Copa na Europa. Até 2010, quando a Espanha foi campeã na África do Sul, somente o Brasil tinha erguido a taça fora do próprio continente (assim foi também no pentacampeonato do Brasil na Ásia, em 2002). Já um europeu só conseguiu igualar a façanha em 2014, quando a Alemanha chegou ao tetra dentro do próprio Brasil.

Em 2018, quando lancei meu primeiro livro, *Biografia das Copas*, disse sobre 1958 que qualquer pessoa na face da Terra gosta de histórias de superação, de feitos incríveis e de vitórias inesperadas. A conquista da seleção brasileira em 1958 tem todos esses ingredientes e muito mais. É a história do garoto de 17 anos que deu um "chapéu" no adversário na decisão da Copa. É a história do ponta-direita que tinha as pernas tortas, mas que usava e abusava dos dribles imprevisíveis. É a história do jogador que tinha um chute apelidado de "folha-seca". De um centroavante conhecido como "peito de aço" e de um lateral que virou a "enciclopédia do futebol". É a história de um grupo que foi para a Europa e obteve uma das conquistas esportivas mais sensacionais em todos os tempos.

O *status* do futebol brasileiro era infinitamente menor antes de 29 de junho de 1958 e se transformou por completo depois daquele dia de glória. O complexo de que nunca seríamos campeões estava devidamente enterrado. Os fracassos de 1950 e 1954 finalmente ficaram para trás. Quem nunca tinha ouvido falar no Brasil passou a conhecê-lo. Quem não acreditava no Brasil passou a confiar no potencial do país. O futebol não resolve as mazelas nacionais, mas ajuda a projetar uma nação que sempre sonhou em ser grande, não apenas em tamanho territorial. O ano de 1958 é um marco em vários campos da vida nacional: no futebol, na música, na expansão industrial e nas expectativas sociais.

A seleção brasileira, campeã na Suécia, mistura imaginação com a realidade. Dos seis jogos da equipe comandada por Vicente Feola, apenas a semifinal, diante da França, e a decisão, contra a Suécia, podem ser revistas, pois os filmes foram preservados. Das demais partidas, restam apenas os gols e outros trechos. As transmissões pela TV, via satélite, para todo mundo, só foram possíveis em 1970. No entanto, em 1958, assim como em 1954, os europeus tiveram o privilégio de assistir aos jogos ao vivo pela televisão por causa da proximidade geográfica do continente.

Durante a pesquisa, mergulhei nos jornais e revistas da época para resgatar histórias que se perderam no tempo. E acredite: são muitas. Sem dúvida alguma, a preparação que a seleção fez para a Copa foi inédita, mas não esteve imune à bagunça que sempre reinou no futebol brasileiro. O técnico Vicente Feola só foi indicado para comandar a seleção no início de 1958, ou seja, teve um tempo muito curto para trabalhar até a estreia no mundial contra a Áustria[1], em oito de junho. No ano anterior,

---

1. Situação semelhante ocorreu com Zagallo às vésperas da Copa de 1970. Ele assumiu o comando técnico da equipe a 78 dias da estreia da seleção brasileira, após a demissão de João Saldanha.

a imprensa passou meses cobrando a CBD (atual CBF) por uma definição sobre o nome do técnico. O receio de um outro fracasso, nos moldes da derrota para o Uruguai em pleno Maracanã, em 1950, assustava os torcedores. A demora na escolha do treinador fez com que os cronistas esportivos da época apostassem em um novo resultado negativo da seleção, agora em campos suecos. Felizmente estavam errados.

Eu convido você a fazer uma viagem pelas páginas de "*1958 o Brasil é campeão*". O tão sonhado título finalmente virou realidade!

Prefácio

Thiago Uberreich é um apaixonado pelo futebol. A história dos mundiais, dentro e fora dos campos, tem ocupado deliciosamente muitas horas da sua vida. Ele mergulha nos detalhes, nos bastidores, nas vitórias e derrotas. Os "Mundiais" nos seus textos e pesquisas sempre revelam episódios importantes e até então desconhecidos. Escrever sobre a Copa do Mundo de 1958 é um desafio.

A vitória, a equipe e a transformação do futebol brasileiro oficialmente numa potência. "A conquista do Mundial de 1958 representa o fim do 'complexo de vira-latas' do homem brasileiro", esta frase de Nelson Rodrigues, escritor e jornalista esportivo, retrata o cenário da época.

Mas, tem muito mais!

O entusiasmo e a inspiração para penetrar na primeira grande conquista do futebol brasileiro permitem ao leitor sentir, entre muitas coisas, como foi o surgimento do Rei Pelé – que, por obra do acaso, recebeu a camisa 10 – e o comando de Paulo Machado de Carvalho, o "Marechal da Vitória".

Uberreich, nas suas obras, fala dos meandros dos grandes eventos, mas mostra os personagens, seus sonhos, suas reações com suas dúvidas e emoções. Os gols, as vitórias, a cobertura da imprensa na "lonjura" da

Suécia. As dificuldades e o esforço das equipes para mostrar a caminhada da paixão nacional. Nada foi esquecido.

O país em 1958 e seus 63 milhões de habitantes, a economia, os avanços e as preparações para a inauguração de Brasília. A viagem profunda ao "Mundial de 58", chega repleta de detalhes e informações relevantes.

Wanderley Nogueira

Desde 1977 na Jovem Pan, é considerado um dos maiores repórteres de campo da história do rádio esportivo. O jornalista integra o "hall da fama" da Associação dos Cronistas Esportivos do Estado de São Paulo.

Sumário

Agradecimentos 7
Apresentação 9
Prefácio - Wanderley Nogueira 13

1. Chega de fracasso: o mundo é do futebol "Bossa Nova" 17
2. Viva ao Marechal: a maior preparação de todas 29
3. A Copa de novo na Europa 67
4. Estreia sem sobras: Brasil 3 x 0 Áustria 81
5. Empate das goleiros: Brasil 0 x 0 Inglaterra 91
6. Pelé e Garrincha, "os nada científicos": Brasil 2 x 0 URSS ... 99
7. Furando o bloqueio: Brasil 1 x 0 País de Gales 111
8. Aplausos de Brigitte Bardot: Brasil 5 x 2 França 121
9. O mudo é azul: Brasil 5 x 2 Suécia 137
10. Emoção e imaginação: o rádio imortaliza o título de 1958 175
11. Os homens de Feola 197

Resultados, classificação e curiosidades da Copa de 1958 211
Referências 240

"A conquista do mundial de 1958 representa o fim do 'complexo de vira-latas' do homem brasileiro."
(Nelson Rodrigues)

Jogadores da seleção desfilam pelas ruas do Rio de Janeiro depois da conquista inédita
(*Fundo Correio da Manhã*/Acervo Arquivo Nacional)

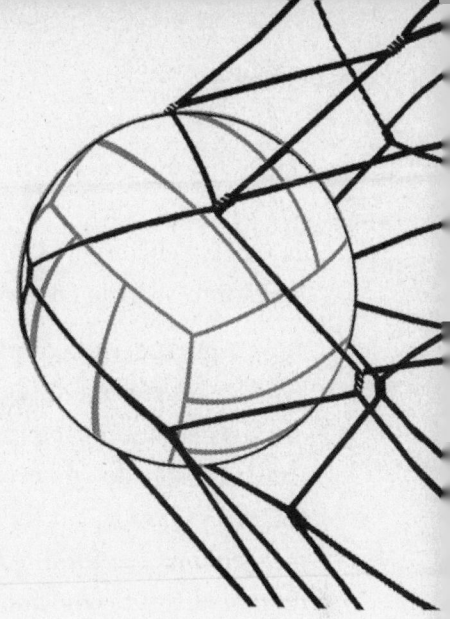

1

Chega de fracasso: o mundo é do futebol "Bossa Nova"

Aquela noite fria de 16 de julho de 1950, no Rio de Janeiro, também era uma noite silenciosa. Poucas pessoas andavam nas ruas e a orla da praia estava praticamente deserta. Obdulio Varela, capitão da seleção do Uruguai, chamado de "*el negro jefe*" ("o chefe negro"), que ergueu o troféu de campeão naquela tarde de domingo, circulava pelo entorno do Hotel Paysandú, no bairro do Flamengo, zona sul carioca, e recebia os cumprimentos dos brasileiros. Quatro horas antes, uma multidão jamais vista em um estádio de futebol deixava o Maracanã atônita, sem entender o que tinha acontecido. O silêncio tomava conta do "monstro de concreto". Eram ouvidos apenas os barulhos das solas dos sapatos e dos tamancos.

As mais de duzentas mil pessoas que estavam no estádio custavam a acreditar no que tinham testemunhado. A seleção brasileira de 1950 vinha de duas goleadas inesquecíveis: 7 a 1, na Suécia, e 6 a 1, na Espanha, e precisava apenas empatar com o Uruguai para ficar com o título. Entretanto, não se ganha de véspera! O clima de "já ganhou" tomou conta da torcida e da imprensa. O jornal *O Mundo*, editado pelo jornalista Geraldo Rocha, chegou às bancas na manhã daquele 16 de julho com a manchete "*Esses são os campeões do mundo*". As letras garrafais estavam acima de uma foto que mostrava os jogadores brasileiros perfilados. Depois de um gol de Friaça, no início do segundo tempo da partida decisiva da Copa, Schiaffino e Ghiggia sacramentaram a vitória do Uruguai: 2 a 1. Foi um "silêncio ensurdecedor".

Aquela derrota condenou uma grande geração de jogadores. O goleiro Barbosa, acusado de falhar no gol decisivo, dizia, décadas depois da tragédia, que a pena máxima de prisão no Brasil é de 30 anos e ele já estaria "absolvido" de eventual erro. O ex-arqueiro, que morreu pobre em Praia Grande, no litoral de São Paulo, no ano 2000, era negro, o que gerou teorias preconceituosas e descabidas de que atletas negros não tinham estrutura emocional para competições esportivas. Um absurdo!

O jornalista Thomaz Mazzoni, historiador do futebol e grande nome de *A Gazeta Esportiva*, retratou nas páginas do livro *Aos pés do Brasil* todo o desalento que tomou conta da nação após a derrota: "*Perdemos o título de campeão mundial numa partida em que tínhamos 99 por cento como ganhar, apesar de sempre acreditarmos nos golpes volúveis e estúpidos da sorte do futebol. Em 10 minutos apenas, os últimos do prélio, ruiu todo o grandioso edifício que havíamos construído. (...) Nenhum povo, na história do esporte mundial, conheceu diante de uma competição, diante de um resultado, a tragédia que conheceram os brasileiros, no seu jogo decisivo (...).*"

Panorama completamente distinto ocorreria após a vitória em 1958. Exatos 7 anos, 11 meses e 13 dias depois do fatídico 16 de julho de 1950, o *Jornal do Brasil* descrevia um país em festa pela conquista do primeiro mundial: "*Na Cinelândia houve carnaval; nas ruas os carros desfilavam (...) ostentando bandeiras, legendas orgulhosas e risos; os engarrafamentos se sucediam, principalmente em Copacabana, onde o trânsito ficou paralisado por quase duas horas. Muitos bares fecharam as suas portas, com o estoque de bebidas esgotado, os donos lamentando não se terem prevenido melhor; as fábricas e depósitos de cerveja também esgotaram seus estoques, porque o povo bebia e tomava banho de chope; das janelas dos apartamentos jogava-se de tudo: garrafas, vasos com plantas, papel sanitário e todas as coisas que caíssem nas mãos dos torcedores eufóricos e, às vezes, álcool. (...) Mais racional foi a comemoração dos feirantes de ontem, que sobre sua mercadoria, colocavam cartazes com abatimento 'em homenagem à equipe de campeões'.*"

Comemorações nas ruas do Rio de Janeiro
(*Última Hora*/Arquivo Público do Estado de São Paulo)

Do outro lado do Atlântico, a equipe comandada por Vicente Feola surpreendia o planeta com técnica, criatividade e genialidade. Pelé e Garrincha, dois gênios da bola, foram apresentados aos esportistas de todo o planeta e eram aplaudidos de pé nos campos suecos.

O mundo, enfim, rendia-se ao futebol brasileiro.

Com 62 milhões de habitantes em 1958, de acordo com o IBGE, o Brasil passava por transformações econômicas, culturais e sociais. A vitória esportiva foi um ingrediente importante para o momento vivido pelo país no fim da década de 50. O presidente Juscelino Kubitschek[2], que exaltava o *slogan* "50 anos em 5", sabia que a conquista da Copa ajudaria a projetar a imagem da nação no exterior. Empenhado em mudar a capital do país do Rio de Janeiro para Brasília, que seria inaugurada em 21 de abril de 1960, JK fez questão de estar no Planalto Central naquele 29 de junho de 1958, dia em que a seleção goleou a Suécia por 5 a 2, no Estádio Rasunda, em Estocolmo.

---

2. JK presidiu o Brasil de 31 de janeiro de 1956 a 31 de janeiro de 1961.

O presidente se encontrava no Hotel Turismo de Brasília, onde acompanhou o jogo pelo rádio. Após a vitória, enviou uma mensagem ao povo brasileiro e aos campeões do mundo: *"Foi com profunda emoção que, de Brasília, onde acabamos de ouvir a brilhante exibição dos brasileiros, recebemos a grande notícia da vitória, ansiosamente esperada. Quero confessar a alegria que neste instante domina toda a nação por ver o Brasil que já não mais conhece derrotas e que a sua mocidade sabe ostentar vitoriosa o seu nome. Queiram aceitar as felicitações mais calorosas do presidente do Brasil e transmitir nossas saudações aos bravos adversários suecos que se postaram com tanta galhardia e hospitalidade"*. Não foi à toa que JK destacou que o Brasil *"já não mais conhece derrotas"*. A autoridade máxima do país deixava claro que os fracassos esportivos agora faziam parte do passado, como se os problemas brasileiros nas demais áreas também estivessem superados.

O Brasil vivia "anos dourados" e JK passou a ser chamado de "presidente Bossa Nova", título de uma música de Juca Chaves:

Bossa nova mesmo é ser presidente
Desta terra descoberta por Cabral
Para tanto basta ser tão simplesmente
Simpático, risonho, original

Depois desfrutar da maravilha
De ser o presidente do Brasil
Voar da Velhacap pra Brasília
Ver a alvorada e voar de volta ao Rio

Voar, voar, voar
Voar, voar pra bem distante
Até Versalhes onde duas mineirinhas valsinhas
Dançam como debutante, interessante (...)

A Bossa Nova, movimento que representou a renovação da música popular brasileira, explodiu justamente naquele ano de 1958 e João

Gilberto era o expoente principal, ao lado de Tom Jobim e de Vinicius de Moraes. Segundo o Centro de Documentação da Fundação Getúlio Vargas, o disco "*Canção do amor demais*", de Elizeth Cardoso, inaugura a Bossa Nova por conter canções da dupla Tom e Vinicius. Em algumas faixas, João Gilberto acompanha a cantora ao violão com uma nova "batida". Já a canção "*Desafinado*" (1958), de Tom Jobim e Newton Mendonça, também marca a Bossa Nova e faz parte do primeiro disco de João Gilberto: o icônico "*Chega de saudade*".

Chamar Juscelino Kubitschek de "presidente Bossa Nova" era uma tentativa de colar a imagem dele à inovação. JK não gostou da música de Juca Chaves, é verdade, mas ele tinha a marca de empreendedor, ao abrir estradas e investir na indústria automobilística. A crise política que desaguou no suicídio do presidente Getúlio Vargas, em 24 de agosto de 1954, causou um imobilismo econômico no país, mas agora havia um esforço para mudanças e o lema era "desenvolvimento e ordem". Apesar de ter deixado o cargo em meio à inflação e dívida externa em alta e sofrido denúncias de irregularidades feitas pela oposição, principalmente a UDN (União Democrática Nacional), Juscelino conseguiu dar estabilidade ao país. Grupos de executivos apoiaram a ideia do presidente de desenvolver a indústria automotiva.

O jornalista e memorialista Geraldo Nunes nos lembra que em 1956 foi criado o Geia, Grupo Executivo da Indústria Automobilística. JK conseguiu aprovar projetos para a criação ou ampliação de fábricas de autopeças e veículos, em um investimento de US$ 356 milhões. "*Como para os Estados Unidos não havia interesse em produzir carros no Brasil, grupos europeus são os que aceitam as propostas desenvolvimentistas de JK. Assim a indústria automobilística nacional passa a contar com o capital alemão da Volkswagen, o investimento francês da Simca Chambord e o capital nacional da Vemag, que assim começa a fabricar carros nacionais com tecnologia estrangeira*", destaca Geraldo Nunes.

A Romi-Isetta, veículo produzido no interior de São Paulo, estava com os dias contados. A expansão e a criação de mercados fizeram o Brasil crescer 10,8%, em 1958. Entre os anos de 1957 e 1960, o país produziu mais de 320 mil veículos e a revista norte-americana *Business Week* relatava: "*Surge no Brasil a Detroit da América Latina*", uma referência a São Bernardo do Campo, no ABC paulista. Pela primeira vez, a indústria de bens de produção superou a de consumo. Já a taxa de inflação ficou em 24,1%.

Torcedores cariocas sobem em carro durante as comemorações pelo título
(*Última Hora*/Arquivo Público do Estado de São Paulo)

O Censo do IBGE de 1950 indica que 64% da população brasileira ainda vivia em áreas rurais. No entanto, a vida na cidade grande, no fim da década, ganhava cada vez mais conforto. Nas páginas das revistas, eram veiculadas propagandas de importantes empresas nacionais e internacionais, como General Electric, Singer, Kolynos, Coca-Cola, Cascolac, Antisardina, Melhoral, Petróleo Quinado Juvenia (contra queda de cabelo), Cigarros Luiz XV, Gessy, barbeador Remington e creme Puff. Os utensílios domésticos e os produtos de beleza favoreciam a um estilo de vida mais moderno, graças ao avanço das tecnologias do pós-guerra.

O publicitário Décio Clemente lembra que os comerciais veiculados na época já tinham grande influência no consumo das famílias: "*Na década de 50, o consumo no Brasil era influenciado basicamente pelo cinema americano, com seus astros e estrelas, e pelos seriados, também dos Estados*

Unidos. Tudo o que os atores e atrizes usavam vendia como água. Muitas marcas dominavam nesses exemplos de costumes sem necessariamente terem aparecido nos filmes". Décio cita marcas e produtos que já faziam parte do dia a dia dos brasileiros: *"Maizena, farinha usada para fazer mingau e bolo, leite em pó, enlatados, óleo para frituras, como o Óleo Maria, fósforos, cigarros, pois os atores fumavam muito nas telas, açúcar, como União, liquidificadores, sofás, sabão em pó Rinso, enceradeiras e calçados, como Alpargatas".* Durante as transmissões esportivas pelo rádio, já era comum que os narradores citassem os patrocinadores, como Brahma Chopp e Maizena.

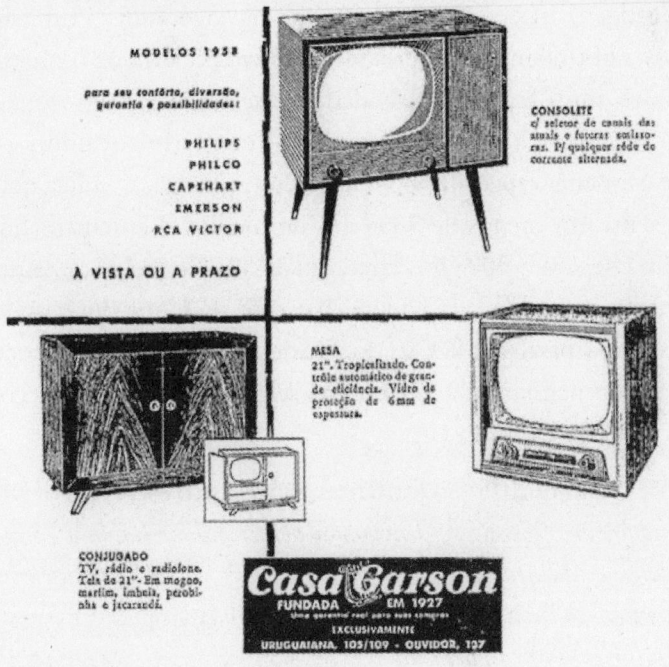

Propaganda de televisores em 1958
(acervo pessoal do autor)

Naquela época, o Brasil era um país machista e patriarcal e a indústria apostava em soluções para facilitar o dia a dia da dona de casa: enceradeiras, geladeiras, liquidificadores, batedeiras e panelas de pressão. Os especialistas chamam esse fenômeno de *American Way of Life*[3], que che-

---
3. O termo se refere ao estilo de vida norte-americano que surgiu depois da Segunda Guerra e era baseado no consumo.

gou ao "terceiro mundo" ao longo dos anos 50. O planeta vivia a "Guerra Fria", com a divisão ideológica entre Estados Unidos e União Soviética, contraste entre capitalismo e socialismo. Aqui nos trópicos, prevalecia a influência americana. Em março de 1958, Nikita Khrushchev, secretário-geral do Partido Comunista da União Soviética, passou a acumular o cargo de primeiro-ministro. Em outubro, começou o papado de João XXIII.

O entretenimento também ganhava espaço com aparelhos de rádio mais modernos, vitrolas e televisores, além da expansão das salas de cinema nas cidades. A TV, inaugurada em setembro de 1950, ainda era um artigo de luxo, mas começava a se expandir para a classe média. Em meados da década, as três emissoras existentes em São Paulo (Tupi, Record e Paulista) já obtinham mais verba de publicidade do que o meio rádio. Sucessos que antes eram exclusividade desse veículo, como o *Repórter Esso*, migravam para a televisão. Contudo, uma estimativa do jornalista Ethevaldo Siqueira, especializado em telecomunicações, indica que a TV estava presente em menos de 20% dos domicílios brasileiros, enquanto que o rádio chegava a 90% dos lares, em 1958. Naquele ano, ainda não havia transmissão de TV via satélite. No caso da Copa do Mundo, isso só foi possível a partir de 1970, no México, e, portanto, os torcedores brasileiros acompanharam a façanha da seleção em campos suecos pelo rádio (ver mais no capítulo 10).

Sobre o ano de 1958, o jornalista Ruy Castro escreveu: "*Havia um cheiro de novo em 1958. (...) O novo era bem-vindo, e havia algo que bem o simbolizava: o radinho de pilha. Por todo o mês de junho daquele ano, ele seria uma extensão de nossos ouvidos*". O jornalista Zuenir Ventura analisava: "*(...) abriram-se as portas de um tempo de confiança e ousadia: a Era JK, a dos Anos Dourados. A visão otimista dessa época não foi imposta, como seria mais tarde durante o regime militar, mas transmitida por contágio pelo próprio Juscelino – por seu dinamismo, seu temperamento afável, alegre e generoso (...).*"

Já os cinemas exibiam filmes com gols e melhores lances das partidas da seleção, dias depois de quando eram disputadas.

Chamadas do cinema publicadas nos jornais
(acervo pessoal do autor)

A esse cenário de otimismo, de crescimento econômico e de estabilidade política, soma-se a conquista da Copa pela seleção brasileira[4].

---

4. 1958 também foi o ano em que Maria Esther Bueno, a maior tenista brasileira em todos os tempos, apareceu para o mundo. Ela conquistou o torneio de duplas de Wimbledon, ao lado da americana Althea Gibson.

O pernambucano Nelson Rodrigues, cronista da vida cotidiana e fanático por futebol, provavelmente foi aquele que melhor expressou a virada de página na história esportiva brasileira no fim da década de 1950. A crônica "*Complexo de vira-latas*" retratava o espírito de um país que precisava superar os próprios fantasmas. E não eram poucos: "(...) *Eis a verdade, amigos: – desde 50 que o nosso futebol tem pudor de acreditar em si mesmo. A derrota frente aos uruguaios, na última batalha, ainda faz sofrer, na cara e na alma, qualquer brasileiro. Foi uma humilhação nacional que nada, absolutamente nada, pode curar. (...) Por 'complexo de vira-latas' entendo eu a inferioridade em que o brasileiro se coloca, voluntariamente, em face do resto do mundo. Isto em todos os setores e, sobretudo, no futebol. Dizer que nós nos julgamos 'os maiores' é uma cínica inverdade. (...) O brasileiro precisa se convencer de que não é um vira-latas e que tem futebol para dar e vender, lá na Suécia. Uma vez que ele se convença disso, ponham-no para correr em campo e ele precisará de dez para segurar, como o chinês da anedota.*"

A crônica, uma das mais marcantes de toda a carreira de Nelson Rodrigues, parte do trauma de 1950. A derrota em pleno Maracanã, estádio construído para a Copa no Brasil em menos de dois anos, foi um balde de água fria nas pretensões de um país que queria ser grande e o esporte era o impulsionador dessas aspirações. Mas a vitória, tão sonhada pelos esportistas nacionais, não dependia apenas da fé, das mandingas ou do pensamento positivo de uma nação inteira. Os bons resultados em qualquer atividade dependem de trabalho, empenho, disciplina, planejamento e organização. Juntar todos esses ingredientes não é tarefa fácil. Podemos passar horas discutindo o que faltou dentro de campo para a vitória do Brasil na Copa de 1950. No entanto, fora das quatro linhas, houve desorganização e aproveitamento político da imagem do escrete.

No mundial seguinte, na Suíça, a filosofia dos cartolas não avançou. A única coisa diferente foi a mudança da cor da camisa da seleção: o branco deu lugar ao amarelo. Um concurso promovido pelo jornal carioca *Correio da Manhã*, em 1953, resultou na escolha do novo uniforme. A proposta vencedora foi a do gaúcho Aldyr Garcia Schlee: camisa amarela, colarinho e punhos na cor verde, além dos calções azuis. Na Copa de 1954, a nova cor não foi capaz de remover as antigas mazelas, pois persistiram a falta de organização e a pouca experiência internacional de atletas e comissão técnica. Zezé Moreira era o treinador do selecionado e observava: "*A grande maioria dos jogadores nunca tinha ido à Europa*". Os dirigentes eram tão despreparados que sequer conheciam detalhadamente o regulamento da competição. Depois da estreia com vitória diante do México, 5 a 0, o Brasil empatou com a Iugoslávia: 1 a 1. O resultado igual já era suficiente para classificação, mas ninguém sabia disso. Julinho Botelho, um dos grandes craques daquela seleção, recordava-se: "*Os iugoslavos pediam para a gente não correr, pois o empate classificava as duas seleções para as quartas de final*". Depois, a equipe nacional perdeu para a Hungria, por 4 a 2, nas quartas de final, no duelo que ficou conhecido como "a Batalha de Berna". Não faltaram violência e reclamações contra o árbitro inglês Arthur Ellis, malhado como Judas pelas ruas do Brasil.

A conquista da seleção na Suécia, em 1958, foi consequência de uma série de fatores: jogadores talentosos, geniais e imprevisíveis, um grupo bem montado, pouca vaidade, obsessão pela vitória e uma comissão técnica estruturada e preocupada em extrair de cada um o melhor desempenho e dar todo o suporte. Para esquadrinhar o plano de trabalho, foi chamado um dirigente que conhecia os meandros do esporte e fosse capaz de fazer superar o bairrismo existente entre Rio de Janeiro e São Paulo. Era um dirigente que queria distância das tribunas de honra, sendo uma figura muito mais próxima dos vestiários e, portanto, dos jogadores. Ajudava a resolver os problemas dos atletas e tinha longas conversas com eles.

Para entender como foi delineado o plano da primeira conquista da seleção brasileira em Copas, precisamos mergulhar na história daquele que ficou conhecido como o "Marechal da Vitória".

Primeiro o homem e depois o atleta."
(Paulo Machado de Carvalho, chefe da delegação brasileira)

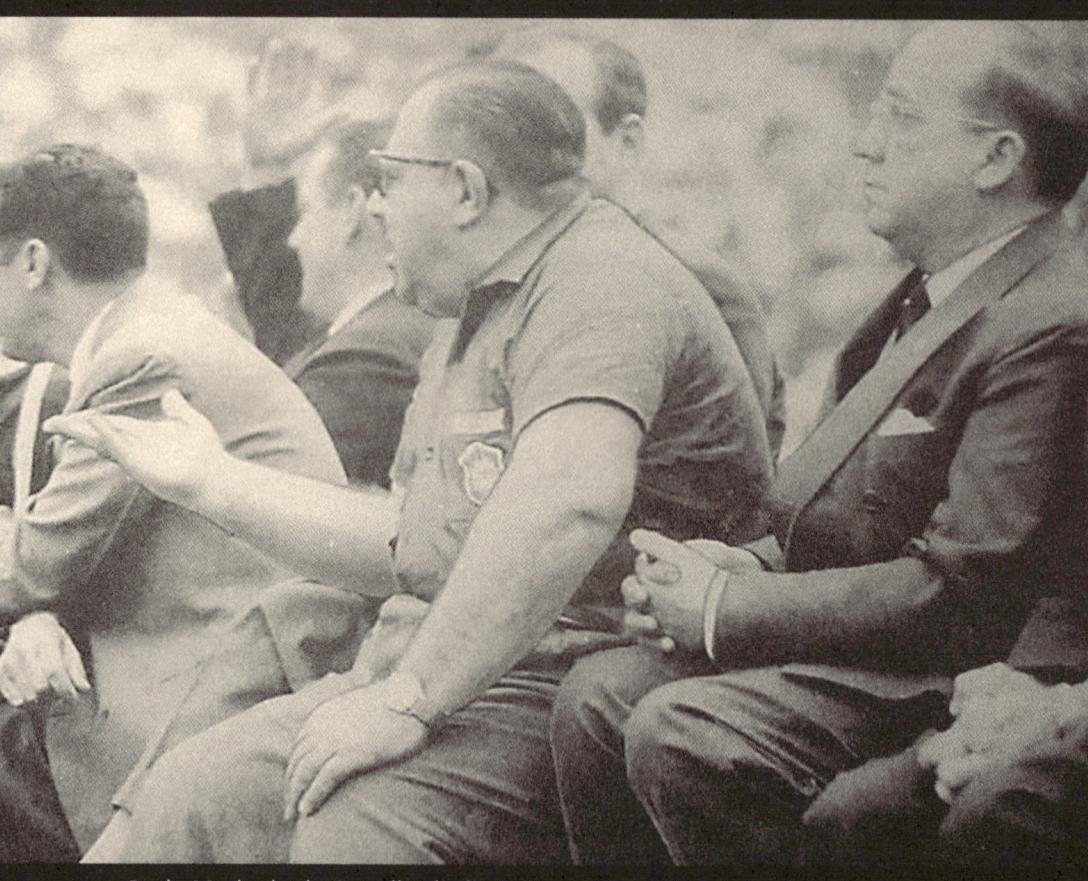

Paulo Machado de Carvalho (à direita) e o técnico Feola
(*Última Hora*/Arquivo Público do Estado de São Paulo)

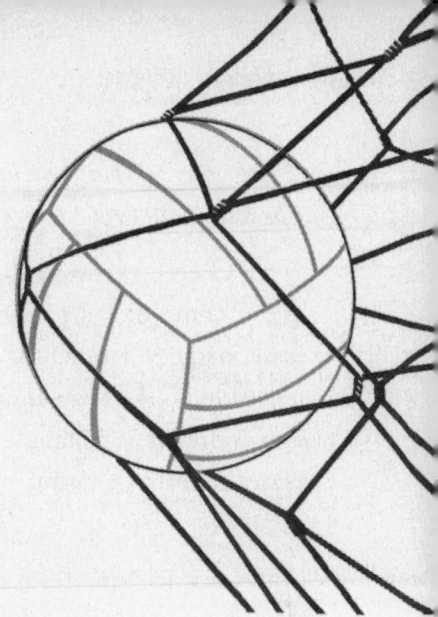

2

Viva ao Marechal: a maior preparação de todas

Ele observava em silêncio aquela balbúrdia. Era sábado, 15 de julho de 1950. No dia seguinte, a seleção brasileira enfrentaria o Uruguai em busca do inédito título mundial de futebol. Provavelmente vestido com um terno marrom, pois usava a cor por superstição, o empresário de comunicação estava acompanhado de dois filhos, Paulinho e Tuta, e de dois profissionais da Rádio Panamericana de São Paulo: Geraldo José de Almeida e Estevam Sangirardi. A concentração do Brasil, no estádio São Januário, no Rio de Janeiro, tinha virado um inferno: dirigentes, empresários, políticos e até padres queriam saudar os futuros campeões. Os jogadores não tinham paz. A equipe começou a Copa concentrada em uma casa isolada na Barra da Tijuca, mas foi para São Januário, campo do Vasco da Gama, nos dias decisivos da Copa.

Com os óculos que se destacavam em seu rosto redondo, estatura mediana e calvície protuberante, Paulo Machado de Carvalho puxou de canto o técnico da seleção brasileira, Flávio Costa, e disparou: *"Flávio, o negócio vai mal. A cada dois minutos vem um sujeito com um lencinho na mão com os dizeres 'Brasil Campeão'. Aí chega outro com uma medalhinha*

'Esse é nosso'. Depois vem outro com uma faixa, etc. e tal... Eu acho que não é bem assim."[5]

O empresário paulista, ligado ao São Paulo Futebol Clube, sabia que o clima de "já ganhou" condenaria a seleção brasileira. Talvez ele fosse, naquele momento, o único torcedor nacional que não acreditava no título. O homem que ficaria conhecido como "Marechal Vitória", oito anos depois da fatídica derrota para o Uruguai, em pleno Maracanã, estava coberto de razão.

Obcecado, perfeccionista e supersticioso eram características marcantes daquele que foi o responsável por elaborar o plano que resultou no bicampeonato mundial da seleção em 1958 e 1962. Paulo Machado de Carvalho quebrou barreiras, enfrentou resistências, desconfianças e ataques da imprensa, em meio a um fogo cruzado de dirigentes de São Paulo e do Rio de Janeiro, mas, no fim das contas, provou para o mundo do futebol que suas convicções estavam corretas.

A preparação brasileira foi inédita e revolucionou conceitos do futebol. No entanto, desde a eliminação da seleção na Copa de 1954, na Suíça, até a definição do plano de Paulo Machado de Carvalho, o futebol nacional viveu um período turbulento, com entra e sai de técnicos, indefinição sobre convocações de jogadores e questionamentos da imprensa e da torcida em relação ao andamento do trabalho. O fato é que a seleção chegou à Europa desacreditada para a disputa do mundial de 1958.

É necessário, entretanto, fazer justiça a outros personagens daquela conquista. A figura de Paulo Machado de Carvalho sempre ofuscou a do técnico Vicente Feola. O treinador foi taxado de um "mero" auxiliar de Paulo Machado de Carvalho e que obedecia a qualquer ordem do dirigente. Não era bem assim. Feola podia não ser um grande estrategista, mas tinha respeito dos jogadores e tomava as próprias decisões. Em 1950, quando o Brasil perdeu a Copa para o Uruguai, ele foi auxiliar do técnico Flávio Costa e acompanhou de perto a rotina da seleção e a falta de organização. Ou seja: tinha experiência e sabia lidar com os atletas.

---

5. CORAÚCCI, Carlos. *Um show de rádio, a vida de Estevam Sangirardi*. 1.ed. São Paulo: A Girafa, 2006. p. 82.

Até hoje se discute a influência de Paulo Machado de Carvalho nas escalações da seleção de 1958. Depois do empate sem gols contra a Inglaterra, pela segunda rodada da Copa, começou uma pressão muito grande para que o técnico Feola colocasse Garrincha e Pelé. Nunca vamos saber ao certo qual foi a real influência do dirigente nessas escalações. Durante décadas, a imprensa reproduziu a informação de que uma reunião, a pedido de Didi, Nilton Santos e Bellini (capitão da seleção) com o treinador, serviu para sacramentar a decisão de escalar a dupla na partida decisiva contra a URSS. O jornalista Ruy Castro, em *Estrela Solitária*, diz com veemência que essa reunião com os jogadores nunca ocorreu. As escalações de Pelé e Garrincha foram uma decisão exclusiva da comissão técnica. No entanto, Didi dava a versão de que ele e Nilton Santos tiveram uma conversa com o técnico Vicente Feola. Em depoimento à TV Globo, em 1988, o "príncipe etíope", como ficou conhecido, esclareceu: *"Começamos a conversar sobre o Garrincha e, no final, o Feola estava convencido de que o Garrincha deveria, naturalmente, entrar na seleção brasileira."*

Em uma entrevista ao jornalista Teixeira Heizer, Didi declarou que Feola resistia em escalar Garrincha porque Mané prendia muito a bola, mas fez uma ponderação ao treinador: *"Expliquei que eu conhecia bem o Mané e que ele só não podia perder a bola na zona de defesa, porque isso nos deixaria de calça na mão. Responsabilizei-me pela escalação. Argumentei, também, em favor de Vavá e encorajei-os para o lançamento de Pelé. Bendita a hora em que me intrometi"*. Falando à Jovem Pan, anos depois, Paulo Machado de Carvalho reconheceu que Didi pediu à comissão técnica a escalação de Garrincha.

O capitão Bellini, em entrevista à TV Cultura no ano de 1974, deu uma outra versão para os fatos. Declarou que pessoas ligadas a Didi e Nilton Santos foram responsáveis por divulgar à imprensa que a dupla teria influenciado nas escalações e que só depois o nome dele, Bellini, acabou envolvido na história.

De qualquer forma, o que importa é que Pelé e Garrincha estrearam na Copa, a seleção venceu a URSS (como veremos no capítulo 6) e garantiu vaga nas quartas de final. Mas, até chegar ao mundial, o futebol brasileiro enfrentou turbulências, críticas e desconfianças.

Transição 1954-1958: período de indefinições no futebol

Os cartolas brasileiros não tiraram lições da derrota em 1950 e quatro anos depois, na Suíça, a seleção também naufragou. Naquele ano, pela primeira vez, a seleção viajou de avião para participar de uma Copa: em 1930 (Uruguai), 1934 (Itália) e 1938 (França) o meio de transporte utilizado foi o navio. Em 1950, a Copa foi em casa.

A equipe que disputou o mundial de 1954 contava com grandes jogadores, como Didi, Nilton Santos, Djalma Santos (que seriam campeões em 1958), Bauer e Julinho Botelho. Nas quartas de final, a equipe enfrentou a Hungria, a sensação da Copa que, apesar do favoritismo, perdeu a decisão para a Alemanha por 3 a 2. O duelo entre brasileiros e húngaros ficou conhecido como "a Batalha de Berna". A Hungria saiu na frente com dois gols logo no início: Hidegkuti e Kocsis. Ainda no primeiro tempo, Djalma Santos diminuiu em uma cobrança de pênalti. Na etapa final, o jogo foi marcado pela violência. Em meio às provocações de ambos os lados, Lantos fez o terceiro também convertendo uma penalidade. A marcação do árbitro Ellis foi muito contestada. Bozsik, Nilton Santos e Humberto acabaram expulsos. Julinho Botelho fez o segundo do Brasil, um golaço! Ele invadiu a grande área e chutou cruzado. A bola entrou no ângulo direito do goleiro Grosics. Kocsis marcou o quarto gol da Hungria: 4 a 2. O clima continuou tenso depois do duelo. Jornalistas, jogadores e dirigentes se envolveram em uma briga na entrada dos vestiários. O radialista Paulo Planet Buarque passou uma rasteira em um policial.

O técnico Zezé Moreira contou ao jornalista Teixeira Heizer: "*O tumulto começou porque Puskás, que estava de roupa normal (ele não jogou a partida), aproximou-se de Pinheiro e estendeu a mão para cumprimentá-lo. Ao darem as mãos, o jogador húngaro aproveitou-se da ingenuidade do zagueiro e lhe deu um tapa. Ora, Pinheiro reagiu. Os dois estavam no hall que dava entrada às portas dos dois vestiários. Começaram a surgir jogadores dos dois times e a confusão se generalizou.*"

A imprensa brasileira atacou a arbitragem e classificou a atuação do juiz Ellis como calamitosa. O inglês virou *persona non grata*. Pobre da seleção brasileira que teve de adiar o sonho do título por mais quatro anos.

Do elenco que disputou o mundial, na Suíça, apenas quatro estiveram em 1958: Castilho (goleiro), Djalma Santos, Nilton Santos e Didi. Ou seja, haveria um processo de renovação, mas marcado por desconfiança e turbulência.

Veja a sequência de jogos da seleção sob o comando de Zezé Moreira, a partir da Copa de 1954:

16.06.1954 – Brasil 5 x 0 México – Copa do Mundo – Suíça

19.06.1954 – Brasil 1 x 1 Iugoslávia – Copa do Mundo – Suíça

27.06.1954 – Brasil 2 x 4 Hungria – Copa do Mundo – Suíça

18.09.1955 – Brasil 1 x 1 Chile – Taça Bernardo O'Higgins – Maracanã

20.09.1955 – Brasil 2 x 1 Chile – Taça Bernardo O'Higgins – Pacaembu

Depois da derrota na Suíça, Zezé Moreira ainda comandou a seleção em dois jogos contra o Chile e foi campeão da Taça Bernardo O'Higgins.

A partir daí a CBD decidiu fazer um rodízio entre treinadores, com o intuito de efetivar um deles para a Copa. Antes do duelo contra os chilenos, no Pacaembu, quando a seleção ainda foi comandada por Zezé, como vimos acima, a Confederação Brasileira de Desportos comunicou que Flávio Costa, do Vasco, treinaria o Brasil em dois jogos contra o Paraguai, em novembro de 1955, pela Taça Oswaldo Cruz. No primeiro duelo, vitória brasileira:

13.11.1955 – Brasil 3 x 0 Paraguai – Taça Oswaldo Cruz – Maracanã

No entanto, na segunda partida da competição, no Pacaembu, o treinador foi Oswaldo Brandão, do Corinthians, e não Flávio Costa. O jornal *O Globo*, de 17 de novembro, apontava: "*Os paulistas saberão honrar a tradição do futebol nacional – afirmam o técnico Brandão e o capitão Alfredo (...)*". Brandão comandou a equipe até o início de 1956:

17.11.1955 – Brasil 3 x 3 Paraguai – Taça Oswaldo Cruz – Pacaembu

24.01.1956 – Brasil 1 x 4 Chile – Sul-Americano – Uruguai

29.01.1956 – Brasil 0 x 0 Paraguai – Sul-Americano – Uruguai

01.02.1956 – Brasil 2 x 1 Peru – Sul-Americano – Uruguai

05.02.1956 – Brasil 1 x 0 Argentina – Sul-Americano – Uruguai

10.02.1956 – Brasil 0 x 0 Uruguai – Sul-Americano – Uruguai

A seleção brasileira não teve um bom desempenho no Sul-Americano, disputado no Uruguai. Um dos destaques negativos foi a goleada sofrida para o Chile: 4 a 1. O Brasil, comandado por Brandão, jogou com: Gylmar, Djalma Santos, Mauro e Alfredo Ramos; Zito e Julião; Maurinho (Nestor), Del Vecchio (Baltazar), Álvaro, Jair da Rosa Pinto e Canhoteiro. O gol de honra foi marcado por Maurinho. O *Jornal dos Sports* destacava na capa da edição do dia seguinte: "*Pela primeira vez na história: perdemos para os chilenos*". A publicação exaltava apenas os desempenhos de Djalma Santos e de Canhoteiro. No Sul-Americano, a seleção ainda empatou com Paraguai e Uruguai e venceu Argentina e Peru, terminando em quarto lugar.

Uma campanha pífia!

Depois dessas seis partidas, Flávio Costa (vice-campeão mundial em 1950) voltou à seleção já visando uma longa excursão do escrete canarinho pela Europa. Foram sete jogos, três vitórias, dois empates e duas derrotas. Antes da viagem pelo velho continente, a equipe nacional fez um amistoso contra a seleção pernambucana:

01.04.1956 – Brasil 2 x 0 Seleção Pernambucana – amistoso – Recife

08.04.1956 – Brasil 1 x 0 Portugal – amistoso – Lisboa

11.04.1956 – Brasil 1 x 1 Suíça – amistoso – Zurique

15.04.1956 – Brasil 3 x 2 Áustria – amistoso – Viena

21.04.1956 – Brasil 0 x 0 Tchecoslováquia – amistoso – Praga

25.04.1956 – Brasil 0 x 3 Itália – amistoso – Milão

01.05.1956 – Brasil 1 x 0 Turquia – amistoso – Istambul

09.05.1956 – Brasil 2 x 4 Inglaterra – amistoso – Londres (Wembley)

O jogo contra a Inglaterra, disputado no lendário Wembley, é histórico: apesar da derrota da seleção, o goleiro Gylmar dos Santos Neves defendeu dois pênaltis. O destaque inglês era o ponta-direita Stanley Matthews. Aos 41 anos, o veterano jogador, um dos maiores nomes da história do "*English Team*", deu uma aula de futebol. Matthews era driblador e infernizou a defesa brasileira. Já em 1958, quando o mundo conheceu o futebol de Garrincha, as comparações entre os dois foram inevitáveis. Mas vale lembrar que o jogador inglês não disputou a Copa. O *Jornal dos Sports* destacava em manchetes: "*Cederam os brasileiros ante o 'English Team'. (...) Comandados pelo velho 'Stan', os britânicos fizeram maravilhas*". Já a edição de *A Gazeta Esportiva* do dia seguinte alertava: "*(...) A lição da Europa ficará marcada de forma indelével na vida do futebol brasileiro, mesmo sabendo-se que aprender sempre foi a intenção da Confederação Brasileira de Desportos. A excursão foi programada em caráter de observação, pois tínhamos a necessidade de sentir como se poderiam portar os nossos em condições tão adversas (...).*"

No duelo, os ingleses balançaram as redes com Taylor e Grainger, dois gols cada. Paulinho e Didi marcaram para o Brasil, que foi escalado dessa forma por Flávio Costa: Gylmar, Djalma Santos, Pavão, Zózimo e Nilton Santos; Dequinha, Didi e Paulinho; Álvaro, Gino e Canhoteiro. Dos titulares, Gylmar, Djalma Santos, Zózimo, Nilton Santos e Didi seriam campeões do mundo, dois anos depois. Após o confronto com os ingleses, a CBD, presidida por Sylvio Pacheco, cogitou um novo duelo contra Portugal, mas a partida não foi realizada.

RADIO PANAMERICANA e EMISSORA CONTINENTAL

HOJE A PARTIR DAS 10 HORAS

DIRETAMENTE DE LONDRES

BRASIL x INGLATERRA

ULTIMO COTEJO DA SELEÇÃO BRASILEIRA NA EUROPA

Reportagem de GERALDO JOSÉ DE ALMEIDA e WALDIR AMARAL

Chamada publicada nos jornais
(acervo pessoal do autor)

Na excursão pela Europa, a seleção já tinha perdido para a Itália, em Milão: "*Desta vez, nem a defesa se salvou*", era a manchete do *Jornal dos Sports*. Apesar das críticas, a retaguarda brasileira foi formada por grandes jogadores: Djalma Santos, De Sordi, Zózimo e Nilton Santos.

Flávio Costa prosseguiu no comando da seleção e colheu boas vitórias contra os vizinhos sul-americanos, além da desforra em cima dos italianos, no Maracanã:

12.06.1956 – Brasil 2 x 0 Paraguai – Taça Oswaldo Cruz – Assunção

17.06.1956 – Brasil 5 x 2 Paraguai – Taça Oswaldo Cruz – Assunção

24.06.1956 – Brasil 2 x 0 Uruguai – Taça do Atlântico – Maracanã

01.07.1956 – Brasil 2 x 0 Itália – amistoso – Maracanã

08.07.1956 – Brasil 0 x 0 Argentina – Taça do Atlântico – Buenos Aires

05.08.1956 – Brasil 0 x 1 Tchecoslováquia – amistoso – Maracanã

08.08.1956 – Brasil 4 x 1 Tchecoslováquia – amistoso – Pacaembu

Depois dos jogos com Flávio Costa no comando, o rodízio de técnicos continuou e Oswaldo Brandão retornou à seleção brasileira em 1957, ano fundamental para as aspirações do Brasil na Copa por causa das eliminatórias. Mas a equipe nacional perdeu o campeonato Sul-Americano, disputado no Peru:

13.03.1957 – Brasil 4 x 2 Chile – Sul-Americano – Peru

21.03.1957 – Brasil 7 x 1 Equador – Sul-Americano – Peru

23.03.1957 – Brasil 9 x 0 Colômbia – Sul-Americano – Peru

28.03.1957 – Brasil 2 x 3 Uruguai – Sul-Americano – Peru

31.03.1957 – Brasil 1 x 0 Peru – Sul-Americano – Peru

03.04.1957 – Brasil 0 x 3 Argentina – Sul-Americano – Peru

A derrota para a Argentina, que ficou com o título, provocou uma crise e deixou o ambiente ainda mais conturbado. Jogadores, como Evaristo, não escondiam a insatisfação com o trabalho da comissão técnica. Ao jornal *O Globo*, o técnico Oswaldo Brandão desabafou: "*Agora só resta pensar nas eliminatórias. Recomeçar todo o nosso trabalho, com o mesmo ânimo e com os mesmos propósitos*". No Sul-Americano, o treinador contou com Garrincha, novidade na equipe brasileira, e chamou o veterano Zizinho. Apesar do mau resultado, o treinador foi mantido e esteve à frente da seleção nos dois jogos contra o Peru pelas eliminatórias da Copa, em abril de 1957, quando a equipe não teve vida fácil:

13.04.1957 – Brasil 1 x 1 Peru – Eliminatórias da Copa – Peru

21.04.1957 – Brasil 1 x 0 Peru – Eliminatórias da Copa – Maracanã

A imprensa criticou a atuação do Brasil diante dos peruanos. Na primeira partida, em Lima, a seleção saiu perdendo em um gol marcado por Alberto "Toto" Terry, mas empatou com Índio.

Didi (à direita) antes do duelo decisivo contra o Peru nas Eliminatórias
(*Fundo Correio da Manhã*/Acervo Arquivo Nacional)

A tão esperada classificação para a Suécia veio no segundo jogo, no Maracanã. Didi cobrou uma falta, no estilo "folha-seca", e enganou o goleiro Asca. O *Jornal dos Sports* falava em gol milagroso: "*Esse foi o único tento da peleja Brasil x Peru. Quis o destino que fosse o decisivo. Justamente o que classificaria o football brasileiro para os jogos da Copa do Mundo que* serão disputados na Suécia. Houve uma falta nas imediações da área. Os peruanos formaram uma barreira compacta. Didi, porém, achou uma pequena 'brecha' para operar o 'milagre' de transformar em um grande goal. Nada pôde fazer o goleiro peruano, a não ser acompanhar a trajetória do couro nas suas redes". A publicação dizia que o Brasil "*comprou uma passagem de terceira classe para a Suécia*" e frisou a pobreza técnica da seleção. Ou seja, pouco mais de um ano para a Copa, a preparação da equipe era cercada de incertezas. Se sofreu para vencer o Peru, como seria com os europeus?

O goleiro peruano observa a bola no fundo das redes do Maracanã
(*Fundo Correio da Manhã*/Acervo Arquivo Nacional)

O técnico Oswaldo Brandão escalou a seguinte equipe para o duelo decisivo contra os peruanos: Gylmar, Djalma Santos, Bellini, Zózimo e Nilton Santos; Didi e Roberto Belangero; Garrincha, Evaristo, Índio e Joel.

O *Jornal dos Sports* informava que das equipes que disputavam as eliminatórias, a seleção brasileira era a primeira classificada para a Copa. A Suécia, por ser o país anfitrião, estava automaticamente garantida.

Oswaldo Brandão[6] cumpriu a missão de levar o Brasil ao mundial, mas, curiosamente, não foi efetivado no cargo de técnico. Por incrível que pareça, no ano que precedia a Copa, a CBD insistia em promover rodízio no cargo, o que inevitavelmente gerava críticas por parte da imprensa.

A seleção brasileira tinha dois amistosos contra Portugal marcados para junho e, no mês seguinte, estavam previstos dois jogos contra a Argentina pela Copa Roca, competição tradicional da época.

A edição de *O Globo*, de 16 de maio de 1957, trazia a manchete: "*Oficial a indicação de Pirillo*". O técnico do Fluminense foi o escolhido, depois de uma reunião com integrantes da CBD, como explicava o jornal: "*Protestou o conselheiro Alfredo Curvelo, afirmando que seu voto seria para Martim Francisco. O técnico tricolor aguarda uma confirmação oficial da CBD.*"

11.06.1957 – Brasil 2 x 1 Portugal – amistoso – Maracanã

16.06.1957 – Brasil 3 x 0 Portugal – amistoso – Pacaembu

07.07.1957 – Brasil 1 x 2 Argentina – Copa Roca – Maracanã

10.07.1957 – Brasil 2 x 0 Argentina – Copa Roca – Pacaembu

A passagem de Pirillo pela seleção deve sempre ser lembrada por um fato histórico: Pelé, aos 16 anos (completaria 17 em outubro de 1957), foi convocado pela primeira vez. O treinador ficou encantado com o garoto que, um mês antes de estrear com a camisa do Brasil, participou de partidas por um combinado Santos-Vasco. Pelé, inclusive, vestiu a camisa do clube carioca em jogos disputados no Rio de Janeiro.

Contra a Argentina, no Maracanã, o futuro Rei do futebol entrou durante a partida no lugar de Del Vecchio e marcou o gol na derrota por 2 a 1. Depois do resultado, mais uma chuva de críticas da imprensa:

---

6. O gaúcho Brandão é, sem dúvida, um dos maiores nomes do futebol brasileiro. Zagueiro discreto, notabilizou-se mesmo como técnico e teve grande destaque no comando do "trio de ferro": Corinthians, São Paulo e Palmeiras. Ele ainda retornaria ao comando da seleção na segunda metade da década de 70.

"(...) entra ano e sai ano, entra técnico e sai técnico, e a seleção brasileira não acerta nunca, não ganha corpo e espírito de seleção, exibindo uma caricatura de futebol mole e sem objetividade e acumulando derrotas sobre derrotas, amargas e decepcionantes" (O Globo).

Para amenizar a frustração, o Brasil venceu a Argentina três dias depois, no Pacaembu, e ficou com o título da Copa Roca. Os gols foram marcados por Pelé e Mazzola. Pirillo escalou a seleção dessa maneira: Gylmar, Djalma Santos, Bellini, Jadir e Oreco; Zito e Luizinho; Maurinho, Mazzola (Del Vecchio), Pelé e Pepe.

Em setembro de 1957, em meio à longa indefinição sobre o técnico que comandaria a seleção na Copa, o Brasil voltou a campo para a disputa da Taça Bernardo O'Higgins contra o Chile. A CBD chamou o técnico Pedrinho Rodrigues Pinto e o grupo foi formado apenas por atletas que atuavam no futebol baiano.

15.09.1957 – Brasil 0 x 1 Chile – Taça Bernardo O'Higgins – Chile

18.09.1957 – Brasil 1 x 1 Chile – Taça Bernardo O'Higgins – Chile

A seleção, que perdeu a competição no Chile, não voltaria mais a ser convocada em 1957.

O ano terminou com um gosto amargo, bem amargo!

CBD tem novo presidente

Durante o turbulento ano de 1957, já começava a ser articulada nos bastidores uma possível reação à bagunça no futebol brasileiro. Um homem sabia que a seleção teria, provavelmente, um novo fracasso na história das Copas se nada fosse feito. Jean-Marie Faustin Goedefroid Havelange, ou simplesmente João Havelange, era vice-presidente da Confederação Brasileira de Desportos e se colocava como candidato ao comando da CBD na eleição marcada para o início de 1958. Havelange nasceu no Rio de Janeiro em 1916 e era filho de um comerciante belga.

Integrou a equipe brasileira de natação que disputou a Olimpíada de 1936, em Berlim, e também esteve nos Jogos de Helsinque, em 1952, com o time de polo aquático. Presidiu a FIFA de 1974 a 1998.

De acordo com o livro *Marechal da Vitória*, de Tom Cardoso, em meados de 1957 João Havelange esteve na sede da TV Record, em São Paulo, de propriedade de Paulo Machado de Carvalho, e disparou: "*Olha, Paulo, quero uma seleção que faça o povo esquecer dos fracassos dos últimos anos. Preciso de uma seleção vitoriosa, de um time campeão. E quero você como supervisor. Pode armar tudo, com carta branca*". Apesar de carioca, Havelange tinha bom trânsito com os cartolas de São Paulo e conhecia bem Paulo Machado de Carvalho. O empresário e dirigente foi presidente do São Paulo Futebol Clube e sempre fez parte da galeria de honra da agremiação.

Paulo Machado de Carvalho pediu um tempo para pensar sobre o convite e consultou o amigo e jornalista Paulo Planet Buarque. "*O Paulo Machado de Carvalho me consultou para saber se deveria aceitar. Eu disse que seria uma grande honra para ele e para São Paulo. (...) Até aquele instante, ninguém de São Paulo fora convidado para dirigir a seleção brasileira de futebol (...). Ele disse que aceitaria, desde que fosse o responsável por tudo que acontecesse com a seleção brasileira*"[7], conta Planet Buarque.

Paulo Machado de Carvalho formou então um trio de especialistas para discutir como a preparação deveria ser feita. Além de Paulo Planet Buarque, estavam no grupo os jornalistas Flávio Iazzetti e Ary Silva.

Historicamente, o futebol brasileiro sempre foi muito prejudicado pela rivalidade entre Rio e São Paulo. As participações da seleção nas Copas de 1930 e 1934 ficaram muito abaixo das possibilidades nacionais por causa do bairrismo. Nos anos 50, ainda havia briga e interferência entre os dirigentes dos dois estados. Havelange sabia bem o que estava fazendo ao pensar em um planejamento para a Copa sob o comando de Paulo Machado de Carvalho. Além de se aliar a um empresário de comunicação, sendo que a Record daria todo apoio à seleção com uma ampla cobertura, a escolha de um cartola de São Paulo acalmaria os ânimos do

---

7. Entrevista de Paulo Planet Buarque concedida ao jornalista Geraldo Nunes, em 2008 ("São Paulo de Todos os Tempos"/Rádio Eldorado AM 700 kHz).

polêmico Mendonça Falcão, presidente da Federação Paulista de Futebol. Paulo Machado de Carvalho já fazia parte da diretoria de futebol da CBD, indicado no início dos anos 50 pelo amigo Roberto Gomes Pedrosa. O ex-goleiro (disputou a Copa de 1934) virou dirigente e presidiu a Federação Paulista.

Da esquerda para direita: Paulo Machado de Carvalho, Pedrosa e Feola
(*Acervo Paulo Machado de Carvalho Neto*)

João Havelange foi eleito presidente da CBD em janeiro de 1958 em substituição a Sylvio Pacheco. O cartola obteve 185 votos a favor e 19 contrários, recebidos pelo adversário Carlito Rocha, do Botafogo. Paulo Machado de Carvalho passou a ocupar a vice-presidência. O *Jornal dos Sports*, de 16 de janeiro de 1958, relatava: "*Viveu a Confederação Brasileira de Desportos um dos seus grandes dias com a posse dos srs. João Havelange e Paulo Machado de Carvalho nos principais postos de administração da entidade, para os quais haviam sido eleitos e proclamados na véspera, depois de um pleito que lhes consagrou absoluta maioria de votos. Aprazado o ato de transmissão dos poderes para as 18 horas desde muito antes que ocorriam à sede da rua da Quitanda [centro de São Paulo], figuras expressivas do des-*

porto, nos seus vários setores, compreendendo não só representações de clubes e entidades desta capital, como os Estados além dos delegados que na véspera haviam participado do pleito, e representações dos poderes públicos."

Faltava agora escolher o técnico do selecionado brasileiro.

A revista *Manchete Esportiva* cobrava uma definição: "*Querem assassinar o Brasil no mundial. (...) De duas, uma: mãos à obra, já, ou (...) prelúdio de nova derrota no mundial de 58*". Na mesma publicação, Leônidas da Silva (artilheiro da Copa de 1938 e, na época, comentarista) mencionava as preferências dele: "*Dois homens estão aí talhados para o posto: Flávio Costa e Zezé Moreira. Ninguém tem mais credenciais, mais condições para o comando da representação nacional. Vou mais longe: são eles os dois únicos que estão em condições de dirigir a seleção brasileira.*"

Além dos técnicos das últimas duas Copas, Flávio Costa (50) e Zezé Moreira (54), a imprensa citava como cotados: Martim Francisco, treinador do Vasco e considerado o inventor do esquema 4-2-4, Sylvio Pirillo, do Fluminense, e o paraguaio Fleitas Solich, chamado de "*el brujo*" ou "feiticeiro", comandante do Flamengo. João Havelange não escondia a preferência pelo treinador rubro-negro: "*Querem saber quem é o técnico de minha preferência? Fleitas Solich. Acho que deve ser Solich o técnico da seleção nacional, em que pese o valor de um Zezé Moreira, de um Sylvio Pirillo, Martim Francisco etc. Que vejo, há quatro anos, senão Fleitas Solich na ponta. Quando o Flamengo descansou do tricampeonato, sua campanha foi ótima. (...) Asseguro que tanto a CBD, na pessoa do seu presidente, como o Conselho Técnico da CBD, não está brincando com a sorte do futebol brasileiro que jogará na Suécia. Iremos, sob todos os aspectos, muito bem representados. E com altas disposições, óbvio*" (Manchete Esportiva). Solich poderia ter sido o primeiro estrangeiro a comandar a seleção. Mas não foi!

No sábado, 8 de fevereiro de 1958, dia do sorteio dos grupos da Copa (ver detalhes no próximo capítulo), em Estocolmo, o jornal *O Globo* dava um furo ao revelar que o técnico Zezé Moreira tinha sido convidado para comandar a seleção novamente em uma Copa, a exemplo de 1954, mas não aceitou: "*Absolutamente não*". O treinador declarou que estava pensando na família e não quis ocupar o cargo. Não há como saber se esse convite a Zezé Moreira foi ideia apenas de João Havelange ou se teve anuência de Paulo Machado de Carvalho. O fato é que o desfecho foi outro.

Um paulista como técnico da seleção

O escolhido para tentar a façanha do primeiro título mundial da seleção brasileira trabalhava em uma equipe paulista. Prevaleceu a indicação de Paulo Machado de Carvalho. Essa nota do jornal *O Estado de S. Paulo*, publicada no dia 12 de fevereiro de 1958, confirmava a indicação do bonachão Vicente Ítalo Feola: *"Depois de muita celeuma foi, afinal, escolhido o técnico a quem incumbirá o preparo dos jogadores que irão formar o selecionado brasileiro para o Campeonato Mundial de futebol a ser realizado em junho próximo, na Suécia. (...) Pouco importa, agora, indagar se o sr. Feola é um técnico competente ou não. Apurar se um preparador é competente é uma das coisas mais difíceis. O que importa é que a ele seja dada a autoridade necessária a desempenhar seu difícil cargo, do melhor modo possível."*

O nome de Feola foi escolhido em uma reunião secreta na Federação Paulista de Futebol. Com 48 anos, mas aparentando ter cerca de 60, o treinador comandou o São Paulo Futebol Clube inúmeras vezes e tinha ligações com o tricolor paulista desde meados da década de 30. Campeão mundial em 1958, em 1962 Feola foi substituído por Aymoré Moreira, que conquistou o bicampeonato com a seleção, no Chile. O técnico voltou a comandar o Brasil na Copa de 1966, na Inglaterra, quando a equipe fez uma das piores campanhas da história, eliminada ainda na primeira fase.

A revista *O Cruzeiro* citava a escolha do treinador para a Copa de 1958: *"(...) Como das vezes anteriores, o trabalho para compor a delegação nacional não correu num mar de rosas. A confusão começou com a escolha do técnico. Nomes e mais nomes foram lembrados, todos apontados como 'salvadores da Pátria', capazes de trazer, com pé nas costas, a Taça Jules Rimet (...)"*. A reportagem dizia que Feola era criticado e até ridicularizado: *"(...) O gordo e simpático Assessor do Departamento de Futebol do São Paulo F.C., não foi recebido de braços abertos (...)"*. Feola integrava os quadros do São Paulo mas, no momento da convocação, não treinava o tricolor. Tanto é que no título paulista conquistado pela equipe, em 1957, o comandante era o húngaro Béla Guttmann.

Já Nelson Rodrigues, em crônica publicada na *Manchete Esportiva* (03/05/58), dizia o seguinte sobre o técnico do selecionado: "*(...) Nenhum gordo gosta de ser gordo. Sobe na balança e tem um incoercível pudor, uma vergonha convulsiva do próprio peso. E, no entanto, vejam: – pior do que ser gordo é o inverso, quer dizer, pior do que ser gordo é ser magro. Digo isto a propósito de Feola, o meu personagem da semana. Ele está em Araxá e eu aqui. A despeito da distância, porém, é como se eu o estivesse vendo com a doce, a generosa cordialidade que é o clima dos gordos de todos os tempos. E aqui pergunto: – um Feola magro teria sido melhor para o escrete? (...)*" Além da obesidade, Feola sofria de angina, um problema no coração que lhe causava dores. No banco de reservas, o treinador costumava fechar os olhos enquanto esperava a dor passar e a cena era um prato cheio para os fotógrafos. Os jornais diziam que ele dormia no banco de reservas.

Plano Paulo Machado de Carvalho:
Brasil rumo ao título inédito

Antes mesmo de Paulo Machado de Carvalho assumir o plano da preparação para a Copa, o médico Hilton Gosling esteve na Suécia, em junho de 1957, um ano antes do mundial. Ele foi conhecer o país e procurar o melhor local de hospedagem para a delegação brasileira. A revista *Manchete Esportiva* elogiou a atitude da CBD: "*A conclusão não seria precipitada. Tivemos como resultado a aprazível concentração de Hindas. O lugar (Tourist Hotel) supera as mais animadoras expectativas. Saibam os leitores que o local onde estamos concentrados é destinado a caríssimas luas de mel da gente de bem da Suécia. Os chalés onde estão alojados os craques brasileiros custam uma diária elevada.*"

A publicação dava outros detalhes sobre a concentração que ficava ao lado de onde estavam os soviéticos, adversários da equipe nacional na primeira fase: "*O Tourist Hotel é cercado por uma vegetação típica e seu clima é agradável. (...) Temos como vizinhos os russos (alojados num internato da cidade), mas regularmente afastados do nosso contato. Assim a concentração em Hindas foi predeterminada, como já houvera sido o resto da esquematização do plano Paulo de Carvalho, que conta com uma Comissão Técnica (supervisor, assessor, preparador físico, médico e psicólogo)*". E ainda: dentista e um cozinheiro exclusivo.

Mas a imprensa criticava o excesso de detalhes do plano apresentado por Paulo Machado de Carvalho que possuía cerca de 95 itens. A indicação de profissionais que nunca tinham feito parte de uma comissão técnica, como psicólogo e dentista, também causou desconfiança. Paulo Machado de Carvalho gostava de dizer: *"primeiro o homem e depois o craque."*

Em entrevista a Raul Tabajara, da TV Record, o dirigente exaltou o que chamava de fim do "absolutismo" do técnico da seleção:

"(...) Segundo o modo de ver de certos jornais, caiu o absolutismo do técnico dentro da nova fórmula. (...) Daremos especial destaque em campo para o capitão do selecionado, coisa que até hoje não existiu. Faremos observações antecipadas sobre a conduta moral, física e técnica dos jogadores. Faremos coisa inédita também na América do Sul: estudos psicotécnicos dos jogadores e teremos observações e considerações especiais para o valor do indivíduo, mas que para o valor propriamente técnico dos jogadores. (...) O supervisor fiscalizará o trabalho do técnico, mas não será, como já se propala por aí, o orientador técnico e tático do selecionado (...). Não tenho, nem poderia ter pretensões a técnico do selecionado brasileiro."

O psicólogo da seleção era João Carvalhaes, que, na avaliação de Paulo Machado de Carvalho, tinha feito um bom trabalho no São Paulo em 1957, quando o clube conquistou o Campeonato Paulista. O dentista escolhido foi Mário Trigo. Piadista e querido pelos jogadores, ele teve passagens por Fluminense, Vasco e Bangu. O nome do supervisor da seleção foi escolhido para agradar aos cariocas: Carlos Nascimento, ex-Fluminense e que, na época, trabalhava no Bangu.

As novidades não pararam por aí: Paulo Amaral, do Botafogo, foi indicado para comandar a preparação física. Chamado de "Hércules da CBD", fez um excelente trabalho na Copa, aplicando técnicas revolucionárias para a época. Era uma preparação quase espartana ou militar.

Paulo Amaral é considerado o primeiro professor de educação física a trabalhar com o futebol no Brasil. Os atletas brasileiros chegaram muito bem preparados à Suécia para enfrentar a "força bruta" europeia. Aliás, foi a única Copa conquistada pelo Brasil em que a seleção só enfrentou adversários europeus.[8]

Paulo Amaral (abaixo) comanda treino da seleção
(*Fundo Correio da Manhã*/Acervo Arquivo Nacional)

O médico Hilton Gosling, que vinha do Bangu, virou uma espécie de braço direito de Paulo Machado de Carvalho. Abílio de Almeida (secretário), Mário Américo (massagista), José de Almeida (administrador), Francisco de Assis (roupeiro) e Adolpho Marques (tesoureiro) completavam a comissão técnica.

Vicente Feola anunciou uma primeira lista de convocados com 33 jogadores que participaram da pré-temporada nas cidades mineiras de Poços de Caldas e Araxá. Os atletas se apresentaram em 7 de abril, dois meses antes da estreia contra a Áustria (8 de junho). Abaixo, a lista

---

8. Comparação entre os cinco títulos da seleção: 1958, 1962, 1970, 1994 e 2002.

dos atletas e a divisão por clubes, sendo que a maioria vinha do Rio de Janeiro:

Flamengo: Dida, Moacir, Jadir, Joel e Zagallo

Botafogo: Pampolini, Didi, Nilton Santos e Garrincha

Vasco: Vavá, Bellini, Orlando e Almir

Fluminense: Altair, Castilho e Cacá

Bangu: Ernâni e Zózimo

São Paulo: Dino Sani, Gino, Canhoteiro, Mauro Ramos de Oliveira e De Sordi

Santos: Pelé, Pepe e Zito

Corinthians: Gylmar, Oreco e Roberto

Portuguesa: Carlos Alberto e Djalma Santos

Palmeiras: Altafini (Mazzola) e Formiga

A imprensa questionou as ausências de Luizinho (Luiz Trochillo), do Corinthians, de Jair Rosa Pinto, do Santos, que tinha 37 anos, e de Zizinho, vice-campeão em 1950. O "mestre Ziza", como ficou conhecido, estava com 36 anos e Feola explicou à *Manchete Esportiva*: "*(...) Feola esclareceu que a idade não influiu em sua ausência do escrete. Diz que Ziza foi um dos 'pulmões' do São Paulo (juntamente com Dino) e que pelejou durante cinco anos para levá-lo ao Canindé [ainda era o estádio do São Paulo]. Maior prova de confiança num craque não poderia haver. Mas não o convocou por ter encontrado circunstâncias que justificam a entrada de outros jogadores. (...) Acrescenta que se houver necessidade, Zizinho será chamado a integrar o selecionado (...).*"

Por outro lado, o *Jornal dos Sports*, em edição de julho de 1958, portanto depois da conquista da Copa, dava a versão de que Zizinho abriu mão de ir ao mundial: "*Zizinho perdeu o avião da vitória porque quis. O seu maior defensor foi o dr. Hilton Gosling, que recebeu autorização da Comissão Técnica para examiná-lo. Em Niterói, Zizinho recebeu a visita do médico do selecionado e abriu mão do convite para a jornada na Suécia, preferindo ficar como torcedor do scratch. Os argumentos do dr. Gosling foram em vão."*

Em entrevista à TV Cultura, nos anos 1990, Zizinho confirmou a recusa de ir para a Copa. Às vésperas do embarque para a Suécia, a comissão técnica queria dispensar Moacir e convocar o "mestre Ziza". Zizinho diz que seria uma deslealdade com Moacir.

Da esquerda para direita: Nilton Santos, Feola e Mauro Ramos de Oliveira
(*Última Hora*/Arquivo Público do Estado de São Paulo)

Em sua autobiografia, publicada em 2006, Pelé, fã de Zizinho, lamentou a ausência do jogador na Copa. O Rei do futebol, que tinha sido o artilheiro do Paulista de 1957 com 17 gols, diz que não aguentava tanta ansiedade para saber se estaria na primeira lista de convocados. E ele conta: "*Fui me informar no Santos. Modesto Roma, o presidente do clube, foi quem me confirmou*". No livro, Pelé dá uma declaração interessante e diz que ele estaria disputando a vaga com Telê Santana, do Fluminense.

A partir da esquerda: Dino Sani, Zózimo e Nilton Santos
(*Fundo Correio da Manhã*/Acervo Arquivo Nacional)

  Outro jogador que poderia ter feito parte daquela seleção era o ponta-direita Julinho Botelho, destaque na Copa de 1954. No entanto, ele estava atuando pela Fiorentina, da Itália, e, ao ser sondado pela CBD, declinou da possibilidade de defender a equipe nacional. O jogador, conhecido pela correção, achou injusta a possibilidade de ocupar a vaga de um atleta que atuava no futebol brasileiro. No fim de maio, Julinho voltou ao país para defender as cores do Palmeiras. A imprensa discutia à exaustão: quem era melhor, Julinho ou Garrincha? Em 1959, em um amistoso contra a Inglaterra, no Maracanã, Julinho Botelho foi convocado no lugar de Garrincha. A torcida não se conformou com a ausência de Mané e vaiou o ponta que arrebentou com o jogo, vencido pelo Brasil por 2 a 0. Autor de um dos gols, Julinho depois foi aplaudido!

A preparação para a Copa

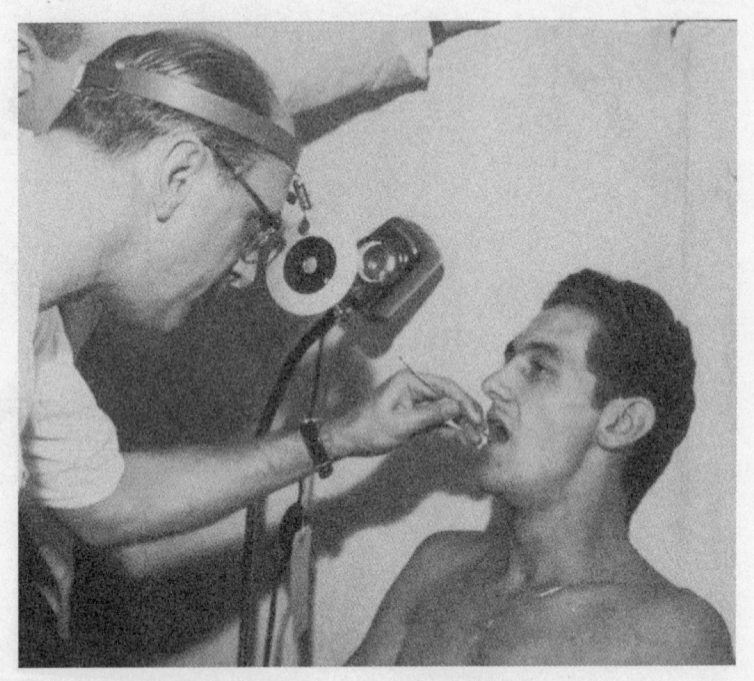

Orlando passa por exames
(*Fundo Correio da Manhã*/Acervo Arquivo Nacional)

As cidades de Poços de Caldas e Araxá foram escolhidas para a preparação por causa do clima ameno. Na Suécia, apesar do verão, os jogadores enfrentariam uma temperatura média de 10 graus. Antes da viagem a Minas Gerais, a seleção passou uma semana na Santa Casa de Misericórdia do Rio de Janeiro. Os atletas foram submetidos a exames e fizeram consultas ao psicólogo e dentista. Orlando e Garrincha extraíram as amígdalas. O então prefeito de Poços de Caldas, Agostinho Loyola

Junqueira, lembrava que a estância hidromineral tinha recebido a seleção em 1949, durante a preparação para o Campeonato Sul-Americano, disputado dentro de casa e conquistado pelo Brasil.

A revista *Manchete Esportiva* falava que todo aquele processo de preparação foi simbólico e ajudou a espantar a má sorte em Copas: "*(...) No setor clínico, foi feito um expurgo completo nos focos, nas arestas que faltavam para uma saúde grau dez. Muitas radiografias foram tiradas, muitos dentes extraídos. Entramos então a combater os germes morais que corroíam a tranquilidade de nossos craques. Foi contratado um psicólogo para pôr rigorosamente em dia a alma de cada um. Foi criado o 'soro contra a tremedeira'.*"

Jogadores da seleção em Poços de Caldas: Mazzola está à esquerda
(*Fundo Correio da Manhã*/Acervo Arquivo Nacional)

Em relação ao psicólogo, a imprensa dizia que, na opinião do professor Carvalhaes, que tinha fama de mal-humorado, Pelé era "dispensável" e Garrincha era "débil". Mas Paulo Machado de Carvalho não ligava muito para os diagnósticos do profissional. O objetivo era mantê-lo no grupo para amenizar possíveis estrelismos dos atletas. Os jornais também informavam que, durante a preparação, os jogadores tiveram lições de arbitragem com Flávio Iazzetti, profissional de imprensa que criou a Escola de Árbitros da Federação Paulista de Futebol, e Ernesto Santos, que foi "olheiro" do Brasil durante a Copa. Ernesto viajou à Europa em 1957 em busca de imagens de jogos de possíveis adversários.

A partir da esquerda: Didi, Mazzola e Pelé
(*Fundo Correio da Manhã*/Acervo Arquivo Nacional)

Em Poços de Caldas, a companhia aérea Panair do Brasil promoveu a exibição de filmes das partidas com as principais equipes europeias: França 2 x 2 Espanha, Brasil 3 x 2 Áustria, Real Madrid x Manchester e URSS x Polônia. Ao final da sessão, o narrador esportivo Oduvaldo Cozzi (ver mais sobre ele no capítulo 10) mostrou aos atletas as bolas dinamarquesas que deveriam ser utilizadas na Copa. A revista *Manchete Esportiva* detalhava: "*Foram fabricadas pelo antigo arqueiro sueco Sven, em Copenhague, pesando 400 gramas e tendo 70 centímetros de circunferência. São mais leves que as nossas.*"

O Brasil treinava no campo da Caldense e cada atleta era obrigado a assinar uma espécie de livro de pontos: às 8h e às 22h30. Paulo Machado de Carvalho tinha deixado bem claro que nenhum jogador iria levar familiar para a Europa e estava bronqueado com Didi, conforme declaração dada à *Manchete Esportiva*: "*Já disse várias vezes e não me canso de repetir; à Suécia não irão jogadores covardes ou chorões. Já soube que 'seu Didi' mandou ver preço de hospedagem para sua esposa perto da concentração dos brasileiros, lá. Não consentirei nisso, em hipótese alguma. De portas fechadas vou conversar muito direitinho com esse rapaz."*

Goleiro Castilho treina com Pelé
(*Fundo Correio da Manhã*/Acervo Arquivo Nacional)

Em Araxá, a seleção ficou hospedada no Palace Hotel. As regras também eram rígidas: o carteado estava proibido, visitas só com acompanhamento de um integrante da comissão técnica e, claro, mulheres não podiam entrar nos quartos. As cartas endereçadas aos jogadores passavam por um pente-fino e a aparência também era uma grande preocupação: todos os jogadores tinham de fazer a barba diariamente.

Antes do embarque para a Europa, a seleção conquistou a Taça Oswaldo Cruz, contra o Paraguai, fez dois amistosos diante da Bulgária e, por último, participou de um jogo treino diante do Corinthians, em São Paulo.

04.05.1958 – Brasil 5 x 1 Paraguai – Taça Oswaldo Cruz – Maracanã
07.05.1958 – Brasil 0 x 0 Paraguai – Taça Oswaldo Cruz – Pacaembu

14.05.1958 – Brasil 4 x 0 Bulgária – amistoso – Maracanã

18.05.1958 – Brasil 3 x 1 Bulgária – amistoso – Pacaembu

21.05.1958 – Brasil 5 x 0 Corinthians – amistoso – Pacaembu

Da lista original de 33 jogadores, foram dispensados ao final da preparação: Carlos Alberto, Jadir, Pampolini, Altair, Cacá, Ernâni, Gino, Roberto, Formiga, Almir e Canhoteiro. O corte dos dois últimos gerou especulações. Almir Pernambuquinho tinha fama de brigão e Canhoteiro, excelente ponta-esquerda, seria muito individualista. Em sua autobiografia, Pelé relata: *"(...) aquela expectativa arrebentava os nervos de qualquer um. Fomos todos reunidos pelo chefe da delegação brasileira, o Dr. Paulo Machado de Carvalho, e ele começou a ler a lista dos cortados."*

Pelé destaca que no amistoso contra o Corinthians os torcedores do time paulista vaiaram a seleção brasileira por causa da ausência de Luizinho entre os convocados para a Copa. A partida, disputada no Pacaembu, em 21 de maio, uma quarta-feira, três dias antes do embarque para a Europa, entrou para a história por causa da contusão que quase tirou Pelé do mundial. O garoto, de 17 anos, estava humilhando o lateral esquerdo Ari Clemente. O jogador corintiano aproveitou um lance e entrou de forma criminosa no joelho direito de Pelé.

De acordo com o médico Hilton Gosling, a contusão era grave e estimou em 25 dias a recuperação. O tempo poderia ser abreviado por causa da pouca idade do atleta. Felizmente foi. Em seu livro, o Rei explicou o lance: *"(...) Tentei driblá-lo, mas ele esticou a perna para a bola e acertou meu joelho. Caí. Imaginei que seria capaz de continuar jogando – sim, seria, disse a mim mesmo –, mas o meu joelho cedeu logo na primeira vez que tentei me apoiar nele. (...) Mais tarde descobri que, na verdade, estive muito perto de ser cortado. A questão fora objeto de um debate longo e penoso (...)."*

De qualquer forma, Pelé embarcou com a seleção, mas corria o risco de corte na Europa. A lista definitiva deveria ser apresentada à FIFA em 31 de maio e a decisão final a respeito do jogador estava prevista para o dia 28, véspera do amistoso contra a Fiorentina.

A edição de 24 de maio de *O Globo* anunciava o embarque da seleção brasileira: "*Hoje, às 17 horas, estará decolando no Aeroporto Internacional do Galeão o DC7-C da Panair do Brasil que conduzirá a delegação brasileira de futebol para a disputa de mais uma Taça do Mundo. Depois de várias semanas de preparativos, com a realização de quatro jogos internacionais, no Brasil, estará seguindo para o Velho Mundo o que de melhor possuímos, no momento, em futebol. Será início de mais uma grande jornada, seguindo também com o 'scratch' as esperanças de todos os torcedores brasileiros. Sejam felizes, craques do Brasil.*"

Em sua autobiografia, Pelé conta: "*(...) Subi finalmente os degraus para entrar no meu primeiro avião. Era um DC7-C, pertencente à Panair do Brasil, que levaria a seleção para a Europa. (...) Depois de um voo de 12 horas, pousamos em Lisboa (...)*". A aeronave era pilotada pelo comandante Guilherme Bungner, que virou uma espécie de talismã da seleção.

A partir da esquerda: Pepe, Pelé e Gylmar
(*Fundo Correio da Manhã*/Acervo Arquivo Nacional)

As publicações desse período registram que, dias antes do embarque, o presidente Juscelino Kubitschek chamou Paulo Machado de Carvalho para uma conversa para falar sobre um possível empréstimo, via Banco do Brasil, para custear a viagem da CBD à Europa. JK teria pedido também ao dirigente uma atenção especial para derrotar a URSS. Para ele, em plena Guerra Fria, seria importante ganhar dos "comunistas".

No Aeroporto de Congonhas, em São Paulo, na partida para o Rio de Janeiro, Paulo Machado de Carvalho foi entrevistado por Murilo Antunes Alves, um dos maiores nomes do jornalismo da TV Record:

Murilo Antunes Alves: "*No momento em que o Dr. Paulo Machado de Carvalho, na qualidade de chefe da delegação brasileira, que participará do Campeonato Mundial de futebol da Suécia, prepara-se para deixar a nossa capital, rumo ao Rio e posteriormente à Europa, que as suas despedidas sejam feitas pela sua televisão Record.*"

Paulo Machado de Carvalho: "*Meus amigos ouvintes e desportistas de São Paulo. Tenho dito e cansado de repetir que nós não vamos para a Suécia para trazer o Campeonato Mundial. Nós vamos à Suécia para lutar, para fazer tudo para honrar o bom nome do desporto brasileiro. E disso podem ter a certeza que saberemos honrar o bom nome do desporto brasileiro. A vitória virá, virá... se nós tivermos chances, as coisas correrem como nós presumimos. Mas não podemos garantir a vitória. O que podemos garantir, eu repito, é que o bom nome do desporto brasileiro se fará dimensionar sempre, na Suécia, pelo brilho, que eu tenho certeza nós vamos ter nesta Copa do Mundo.*"

Murilo Antunes Alves: "*Dr. Paulo Machado de Carvalho, que fique aqui o abraço, não só dos seus companheiros das Emissoras Unidas, como também de mais de cinquenta milhões de brasileiros que auguram o seu retorno com o título de campeão mundial de futebol.*"

Paulo Machado de Carvalho: "*Obrigado e vamos para frente, porque é para frente que se caminha.*"

A seleção brasileira caminhou realmente para frente e a primeira parada foi Roma, na Itália. O desembarque se deu no dia 25: "*Os 22 jogadores foram recebidos no aeroporto por curiosos e admiradores, dirigindo-se imediatamente para o Hotel Universo, onde ficaram hospedados. A viagem Rio-Recife-Lisboa-Roma transcorreu sem incidentes. Amanhã, os jogadores seguem de trem para Florença, onde, no dia 29, enfrentarão a Fiorentina*", conforme relato do jornalista Ricardo Serran, de *O Globo*. Em Roma, ainda houve tempo para uma parada na *Fontana di Trevi*, tradicional ponto turístico da capital italiana, para fazer pedidos e jogar moedas. Segundo a *Manchete Esportiva*, o goleiro titular da seleção fez uma promessa inusitada: *"Gylmar disse que pediu para o Brasil ser campeão e prometeu se jogar na fonte, caso isso aconteça."*

29.05.1958 – Brasil 4 x 0 Fiorentina – amistoso – Florença (Itália)
01.06.1958 – Brasil 4 x 0 Internazionale – amistoso – Milão (Itália)

Os dois amistosos contra equipes italianas foram decisivos para que Vicente Feola definisse o time que iria estrear contra a Áustria, na Copa. Os duelos também ajudaram a CBD a arrecadar recursos para bancar despesas na Suécia, como recordava João Havelange.[9] A imprensa criticou o dirigente por entender que amistosos contra clubes não eram bons testes para a seleção.

Mazzola e Didi
(*Fundo Correio da Manhã*/Acervo Arquivo Nacional)

Em Florença, antes da partida, houve uma cerimônia em comemoração ao nascimento do futebol fiorentino. Aquela festa era um alento para os italianos, já que a *Squadra Azzurra* não iria disputar a Copa. O Brasil

---
9. Entrevista à ESPN Brasil (2008).

entrou em campo com: Gylmar, De Sordi, Djalma Santos, Bellini, Orlando e Nilton Santos; Dino Sani, Didi, Garrincha, Mazzola (Moacir), Dida (Vavá) e Pepe.

Os gols foram marcados por Mazzola, duas vezes, Pepe e Garrincha. A jogada de Mané é até hoje relembrada pelos amantes do futebol. O ponta-direita driblou o goleiro Giuliano Sarti, depois passou por Robotti e entrou com bola e tudo, como informava a *Manchete Esportiva*: "'*Seu' Manuel entrou com bola e tudo*". Nem todo mundo, no entanto, achava graça das peripécias do Mané. A comissão técnica considerou a jogada um tanto quanto displicente e o "gênio das pernas tortas" só voltaria a campo contra a União Soviética, pela terceira rodada do mundial.

Já Mazzola, apelido dado a João Altafini, em homenagem a Valentino Mazzola, um dos grandes nomes da história do futebol italiano (morto no acidente aéreo que vitimou o time do Torino em maio de 1949), passou toda a fase de preparação envolvido em polêmica. O jogador do Palmeiras estava sendo negociado com o Milan e a imprensa questionava se ele iria dar o seu melhor dentro de campo ou evitaria as divididas, pensando só no contrato milionário. A negociação foi concretizada durante a Copa.

Por outro lado, Julinho Botelho, que atuava pela Fiorentina e não aceitou integrar a seleção, como vimos, estava fazendo o caminho contrário. Aquele jogo foi o último dele antes de retornar ao Brasil para vestir as cores do Palmeiras. Julinho, chamado de "senhor tristeza" pela imprensa local, era tão correto que pediu autorização de Paulo Machado de Carvalho para que pudesse enfrentar a seleção brasileira. O dirigente não fez qualquer objeção. A *Gazeta Esportiva* trazia um comentário profético de Julinho: "*Se os brasileiros jogarem na Suécia como fizeram contra a Fiorentina, não tenho dúvida de que poderão alcançar o cetro máximo da 'Jules Rimet'.*"

No dia primeiro, a equipe nacional enfrentou a Internazionale, em Milão, no último compromisso antes da estreia na Copa. Feola escalou a equipe assim: Castilho, Djalma Santos, Bellini, Orlando e Nilton Santos (Oreco); Dino Sani e Didi; Joel, Mazzola, Dida (Vavá) e Pepe (Zagallo). Os gols foram marcados por Dino Sani, Dida, Mazzola e Zagallo. De acordo com relatos dos jornais, apesar do placar elástico, a seleção teve um desempenho pior do que na partida anterior. Pelo menos para a CBD, os amistosos na Itália garantiam 30 mil dólares para os cofres da entidade. Uma nota negativa da partida foi a contusão de Pepe, depois de uma jogada com o italiano Bicicli. O ponta brasileiro ficou com o pé inchado e precisou usar chinelos por alguns dias. Depois da parada pela Itália, era hora de partir rumo à Suécia. No desembarque, nenhum representante da embaixada brasileira esteve no aeroporto.

Garrincha (à esquerda) ao lado de Julinho. Didi está à direita
(*Fundo Correio da Manhã*/Acervo Arquivo Nacional)

Seria falta de prestígio?

A Copa se aproximava, a expectativa era grande, mas ainda havia uma grande incógnita a rondar o selecionado brasileiro: Pelé. A maior promessa do futebol brasileiro àquela altura estava garantida ou não no mundial? Décadas depois, em entrevista à Jovem Pan, Paulo Machado de Carvalho lembrou do teste decisivo que confirmou o futuro Rei do futebol na Copa: "*Quatro horas da tarde, a inscrição acabava meia-noite. O Pelé ainda se ressentia de dores da trombada que tinha levado em São Paulo. Chamei o*

Hilton Gosling e disse assim: 'Hilton, nós temos até meia-noite para resolver'. Estávamos na Itália. O Pelé vai para a Suécia ou não vai? O Hilton, que era espetacular, disse: 'se ele aguentar o teste que eu vou fazer com ele, ele vai!' Se não, nós imediatamente chamaríamos o Almir, que estava na Europa naquela ocasião. O Mário Américo trouxe uma bacia com água fervendo, mas fervendo que não dava para colocar o dedo. O Hilton disse assim para o Pelé: 'Pelé, você é homem? É! Então coloca o pé nessa bacia para eu ver se você vai para a Copa do Mundo'. Não teve dúvida. O moleque pegou na perna e colocou até o fim."

Quando Pelé foi convocado para a Copa, a imprensa taxou Paulo Machado de Carvalho de louco por apostar em um menino de 17 anos. A atitude de levá-lo ainda não plenamente recuperado também rendeu muita discussão.

Com a definição sobre Pelé, a CBD enviou à FIFA a relação definitiva dos 22 jogadores que iriam disputar a competição. No entanto, a Confederação se esqueceu de relacionar os números das camisas dos atletas. O uruguaio Lorenzo Villizio[10], representante sul-americano no Comitê Organizador da Copa, preencheu aleatoriamente os números, pois não conhecia todos os jogadores e muito menos a posição de cada um. Por isso, vemos nos filmes das partidas o goleiro Gylmar com a camisa "3", Garrincha com a "11" e Zagallo com a "7", que não correspondiam às suas posições. Pelo menos Pelé ficou, corretamente, com a camisa 10.

Veja a lista: 1 - Castilho; 2 - Bellini; 3 - Gylmar; 4 - Djalma Santos; 5 - Dino Sani; 6 - Didi; 7 - Zagallo; 8 - Oreco; 9 - Zózimo; 10 - Pelé; 11 - Garrincha; 12 - Nilton Santos; 13 - Moacir; 14 - De Sordi; 15 - Orlando; 16 - Mauro; 17 - Joel; 18 - Mazzola; 19 - Zito; 20 - Vavá; 21 - Dida e 22 - Pepe.

---

10. Existem poucas informações sobre Villizio. De acordo com a Folha de S. Paulo, durante anos ele deu expediente como contador na diretoria do Nacional, time mais antigo do Uruguai. Ele morreu nos anos 80.

Delegação do Brasil na Copa de 1958

Chefe: Paulo Machado de Carvalho
Supervisor: Carlos Nascimento
Secretário: Abílio de Almeida
Tesoureiro: Adolpho Marques Júnior
Delegado no Congresso da FIFA: Luiz Murgel
Técnico: Vicente Feola
Preparador físico: Paulo Amaral
Administração: José de Almeida
Observador: Ernesto dos Santos
Psicólogo: João Carvalhaes
Médico: Hilton Gosling
Dentista: Mário Trigo Loureiro
Massagista: Mário Américo
Auxiliar: Francisco de Assis (roupeiro)

Jogadores

Goleiros: Gylmar dos Santos Neves (Corinthians) e Castilho (Fluminense)

Zagueiros: Bellini (Vasco), Zózimo (Bangu), Mauro Ramos de Oliveira (São Paulo) e Orlando (Vasco da Gama)

Laterais: Djalma Santos (Portuguesa), De Sordi (São Paulo), Nilton Santos (Botafogo) e Oreco (Corinthians)

Meio de campo: Dino Sani (São Paulo), Zito (Santos), Didi (Botafogo) e Moacir (Flamengo)

Pontas e atacantes: Pelé (Santos), Garrincha (Botafogo), Zagallo (Flamengo), Mazzola (Palmeiras), Joel (Flamengo), Vavá (Vasco da Gama), Dida (Flamengo) e Pepe (Santos)

PANAIR DO BRASIL

que teve a honra de transportar para a Suécia a Delegação Brasileira de Futebol ao trazer de volta à Pátria os valorosos

CAMPEÕES DO MUNDO

convida o Povo Carioca para recebê-los, hoje, às 14 horas, no

AEROPORTO DO GALEÃO

Propaganda publicada nos jornais
(acervo pessoal do autor)

"País tipicamente industrial faz feriado para receber cinco continentes – história multicolor de uma terra de gente culta – roteiro de doze cidades dinâmicas que serviram de apoio a um grandiloquente campeonato de futebol."

(Gazeta Esportiva Ilustrada)

Jogadores do Brasil seguram a bandeira da Suécia em Gotemburgo
(*Última Hora*/Arquivo Público do Estado de São Paulo)

3

A Copa de novo na Europa

A FIFA sempre procura alternar a cada quatro anos os continentes dos países que vão receber a Copa, mas por duas vezes houve repetição: em 1934 e 1938, com Itália e França, e em 1954 e 1958, com Suíça e Suécia. A Segunda Guerra Mundial tinha terminado havia quase 13 anos, mas a Federação resolveu escolher como sede um país europeu que se manteve neutro no conflito: tinha sido assim com a Suíça e, agora, novamente com a Suécia. A nação nórdica possuía uma boa infraestrutura e investiu pesado na modernização de estádios. Uma ausência sentida foi a de Jules Rimet, terceiro presidente da história da FIFA (fundada em 1904), considerado o "pai" da Copa do Mundo, que morreu em 16 de outubro de 1956. O cargo era ocupado pelo inglês Arthur Drewry. Na época, a entidade tinha cerca de noventa países filiados.

O jornal *O Globo*, edição de 24 de junho de 1954, informava: "*O Congresso da FIFA, reunido nesta capital [Berna, Suíça], encarregou a Suécia de organizar o próximo Campeonato Mundial de Futebol, a ser realizado em 1958*". Ou seja, foi durante a competição na Suíça que os integrantes da Federação escolheram a Suécia como país sede.

Quando a FIFA promoveu a primeira Copa, em 1930, no Uruguai, a ideia era reunir dezesseis países participantes a cada edição. No entanto, naquele ano e em 1950, no Brasil, os organizadores não conseguiram atingir o número: foram apenas treze. Assim como em 1934, 1938[11] e 1954, em 1958 dezesseis seleções estavam presentes. Na Suécia, pela primeira vez, em razão da fórmula de disputa, a FIFA previa 32 jogos, um recorde! Por causa de três partidas de desempate, disputadas na primeira fase, os duelos chegaram a 35.

As equipes foram divididas em quatro grupos e as duas primeiras de cada se classificavam para a fase de "mata-mata": quartas de final, semifinais e final. Ainda não havia decisão por pênaltis. O regulamento também não previa substituições durante as partidas. Em caso de contusão, a equipe jogava em desvantagem em relação ao adversário ou o atleta machucado ficava fazendo número dentro de campo.

No total, 53 países se inscreveram para participar das eliminatórias. O jornalista Orlando Duarte, em *Todas as Copas do Mundo*, lembra-nos que Chipre, Turquia e Venezuela (que fazia parte do grupo do Brasil nas eliminatórias) desistiram antes mesmo da fase de classificação. Na América do Sul, a Argentina, campeã sul-americana, estava de volta a um mundial depois de 24 anos. Na Suécia, o técnico do selecionado portenho era Guillermo Stábile, artilheiro da primeira edição do torneio, em 1930, com oito gols, quando os argentinos foram vice-campeões. Já os uruguaios, bicampeões (1930 e 1950) foram goleados pelos paraguaios por 5 a 0 nas eliminatórias e não chegaram à Copa. A outra seleção bicampeã na época, a Itália, também ficou de fora, eliminada pela Irlanda do Norte na fase classificatória. Ou seja, a Copa de 1958 contou apenas com uma seleção campeã: a Alemanha Ocidental, vencedora em 1954.

A França foi uma das sensações da competição e, com as goleadas diante dos adversários, ganhou a simpatia do mercado de apostas. No total, os franceses balançaram as redes 23 vezes em seis partidas, mais do que o Brasil (16). O grande destaque foi o atacante Just Fontaine. Nascido no Marrocos, o jogador marcou treze gols, recorde em uma única edi-

---

11. Em 1938, foram dezesseis países classificados, mas a Áustria não compareceu, pois o país tinha sido anexado pela Alemanha de Hitler.

ção de Copa. Outro grande nome daquela equipe era Raymond Kopa. No entanto, a defesa não estava à altura do ataque. A seleção francesa foi a primeira a chegar à Suécia, no dia 20 de maio.

A URSS, campeã olímpica em 1956, era estreante em mundiais, mas já aparecia entre as equipes favoritas. Pela primeira e única vez, todas as quatro seleções dos países que formavam o Reino Unido estiveram juntas em uma Copa: Inglaterra, Escócia, País de Gales e Irlanda do Norte. Os ingleses se classificaram com boa vantagem diante dos adversários, mas o país chegava à Copa de luto. Em 6 de fevereiro de 1958, o avião que levava a equipe do Manchester United sofreu um acidente ao tentar levantar voo em uma pista coberta de neve em Munique, na Alemanha. Das quarenta e quatro pessoas a bordo, vinte e três morreram. Bobby Charlton, um dos sobreviventes, seria campeão mundial pela seleção inglesa na Copa de 1966, dentro de casa. Cerca de um mês antes do mundial de 1958, o *"English Team"* perdeu para a Iugoslávia, por 5 a 0, fora de casa, em um amistoso. Já de forma surpreendente, o País de Gales ficou em quinto lugar na Copa e foi o melhor britânico da competição. Ainda na Europa, Espanha, Bélgica, Holanda e Suíça não garantiram vaga. Dos dezesseis países participantes, doze eram europeus, três vinham da América do Sul e outro da América do Norte.

A Suécia, país de sete milhões de habitantes, organizou a Copa com muita disciplina e com investimentos em estádios que foram construídos ou remodelados especialmente para o torneio. No total, doze cidades receberam as partidas: Estocolmo (capital), Gotemburgo, Halmstad, Helsingborg, Malmö, Norrköping, Örebro, Sandviken, Borås, Eskilstuna, Uddevalla e Västerås. A seleção dona da casa já tinha disputado as Copas de 1934, 1938 e 1950. O maior feito do país no futebol foi o título da Olimpíada de 1948, em Londres. No mundial de 1950, os suecos ficaram em terceiro lugar.

O público total da Copa foi de 919.580 pessoas, sendo a média de 27.000 espectadores por jogo, número menor em comparação aos dois últimos mundiais. Os grupos foram definidos em um sorteio promovido pela FIFA no dia 8 de fevereiro de 1958, um sábado. O *Jornal dos Sports* estampava na capa as informações sobre os adversários da seleção: "*Es-

treia do Brasil contra a Áustria (...). Sorteados ontem em Estocolmo as chaves para as finais da Copa do Mundo – Rússia e Inglaterra, os outros componentes do nosso grupo - dia 8 de junho, a primeira rodada". Na excursão à Europa, em 1956, o Brasil tinha vencido a Áustria, 3 a 2, e perdera para a Inglaterra por 4 a 2.

Abertura da Copa

O mundial começou em 8 de junho de 1958, um domingo, para 249 jogadores de dezesseis seleções. A Alemanha usou o maior número de atletas: dezenove, em seis partidas. Já o Paraguai utilizou treze, em três duelos. A *Folha da Manhã* daquele dia chegava às bancas com a manchete: *"Autênticos clássicos do futebol mundial na jornada de abertura das oitavas de final da Taça Jules Rimet."*

O verão na Escandinávia não traz temperaturas elevadas, mas o céu escurece por volta das 23h. A Copa de 1958 teve parte dos duelos às 19h. Dos oito jogos da primeira rodada, a partida de abertura, entre Suécia e México, foi realizada mais cedo: às 14h. Antes do confronto, os organizadores prepararam uma festa, descrita por *O Globo*: *"O rei Gustavo Adolfo VI, da Suécia, declarou aberto o certame às 12h39min GMT - música, danças folclóricas e acrobacias, antes do jogo Suécia e México".* Cerca de 50 mil torcedores estavam no Estádio Rasunda, em Estocolmo. O público aplaudiu o rei e a rainha no momento em que eles entraram no estádio: o relógio marcava 12h15 (horário local). Depois da execução do hino sueco, começou o desfile das bandeiras dos dezesseis países participantes. Aviões da Força Aérea da Suécia sobrevoaram a praça de esportes.

O rei Gustavo Adolfo discursou: *"Tenho o imenso prazer de declarar inaugurado o Campeonato Mundial de Futebol e desejo a este importante acontecimento todo o êxito possível".* O monarca falou primeiro em inglês e depois em sueco. Antes do pronunciamento, quem fez uso da palavra foi o presidente da FIFA, Arthur Drewry. O dirigente exaltou o esforço da Suécia em promover o campeonato e ressaltou que os olhos do mundo se voltavam ao país. O dia estava ensolarado, com temperatura amena e uma brisa agradável. Os torcedores tinham começado a chegar ao estádio três horas antes da partida. Abaixo, os detalhes dos duelos da primeira fase da Copa:

Grupo 1 (Malmö, Halmstad e Helsingborg)
Argentina, Alemanha, Irlanda do Norte e Tchecoslováquia

Alemanha 3 x 1 Argentina

Irlanda do Norte 1 x 0 Tchecoslováquia

Argentina 3 x 1 Irlanda do Norte

Alemanha 2 x 2 Tchecoslováquia

Tchecoslováquia 6 x 1 Argentina

Alemanha 2 x 2 Irlanda do Norte

Irlanda do Norte 2 x 1 Tchecoslováquia (jogo desempate)

A Alemanha, campeã de 1954, chegou à Suécia como favorita. Afinal, Uruguai e Itália, os outros dois países a terem vencido uma Copa até aquele momento, não tinham se classificado. O técnico ainda era Sepp Herberger e o capitão Fritz Walter disputava mais um mundial, aos 37 anos. Em 1958, o atacante Uwe Seeler jogou a primeira de quatro Copas da carreira (1958, 1962, 1966 e 1970). Os alemães venceram a Argentina e a Irlanda e empataram com a Tchecoslováquia, depois de estarem perdendo por 2 a 0. De forma invicta, a Alemanha foi a primeira do grupo.

A Tchecoslováquia, vice-campeã em 1934, perdeu para a Irlanda na estreia, resultado considerado surpreendente. Os irlandeses estreavam em Copas e garantiram a classificação em segundo lugar depois de uma nova vitória contra os tchecos no jogo desempate.

A frustração ficou por conta da Argentina. A seleção, comandada por Guillermo Stábile, não passou da primeira fase e sofreu uma derrota humilhante para a Tchecoslováquia por 6 a 1. Os jornais destacavam que o bom goleiro Carrizo se cansou de buscar a bola no fundo das redes. Os argentinos foram à Suécia com um time inexperiente e desfalcados por jogadores importantes vendidos para a Itália.

Grupo 2 (Västeras, Norrköping e Örebro)
Iugoslávia, Escócia, França e Paraguai

Iugoslávia 1 x 1 Escócia

França 7 x 3 Paraguai

Paraguai 3 x 2 Escócia

Iugoslávia 3 x 2 França

França 2 x 1 Escócia

Paraguai 3 x 3 Iugoslávia

Os franceses, comandados por Albert Batteux, arrasaram os aguerridos paraguaios por 7 a 3, na estreia. Depois de um tropeço diante dos iugoslavos, a França ganhou da Escócia e ficou em primeiro lugar na chave. A Iugoslávia, seleção tradicional do Leste Europeu, garantiu a segunda posição.

O Paraguai, comandado por Aurelio González, despediu-se de forma honrosa da Copa, depois de arrancar um empate por 3 a 3 contra a Iugoslávia. O destaque da equipe era o atacante Juan Bautista Agüero. Após os amistosos contra o Brasil, ainda durante a fase de preparação para o Mundial, a comissão técnica e os jogadores paraguaios também ficaram em Poços de Caldas.

Grupo 3 (Estocolmo, Sandviken e Malmö)
Suécia, México, Hungria e País de Gales

Suécia 3 x 0 México

Hungria 1 x 1 País de Gales

México 1 x 1 País de Gales

Suécia 2 x 1 Hungria

Suécia 0 x 0 País de Gales

Hungria 4 x 0 México

País de Gales 2 x 1 Hungria (jogo desempate)

A geração sueca que foi vice-campeã em 1958 é, sem dúvida, uma das melhores da história do futebol do país. Jogadores como Liedholm (capitão), Skoglund, Svensson (goleiro), Hamrin, Axbom e muitos outros levaram o selecionado à decisão contra os brasileiros. Já o veterano Gunnar Gren, que se destacou no Milan e na Fiorentina, da Itália, é considerado um dos maiores nomes do futebol sueco. Em 1958, o atleta de 37 anos, que chamava a atenção pela calvície, aproveitou a Copa para lançar um livro: *Professor i fotboll* (professor de futebol, em português). Gren, Nordahl e Liedholm entraram para a história como o trio GRE--NO-LI, que marcou época no Milan, da Itália. Muitos daqueles atletas tinham conquistado a medalha de ouro na Olimpíada de 1948, em Londres, e dez anos depois tiveram a honra de jogar uma Copa dentro de casa. Os suecos eram treinados pelo inglês George Raynor.

Na festa de abertura da Copa, os donos da casa venceram o México por 3 a 0, com dois gols de Simonsson e outro de Liedholm. Já os mexicanos contavam com a experiência do goleiro Carbajal, que disputou nada menos do que cinco Copas do Mundo (50, 54, 58, 62 e 66). Depois, os suecos derrotaram a Hungria e empataram com o País de Gales, terminando em primeiro na chave.

A Hungria, então vice-campeã, não foi nem a sombra do mundial anterior quando o seu poderoso ataque marcou vinte e sete gols. As principais estrelas, como Puskás, Kocsis e Czibor não faziam mais parte do selecionado. Em 1956, o país enfrentou uma rebelião popular contra o regime soviético e o Honvéd, time que servia de base da seleção, recusou-se a voltar à nação, o que causou os desfalques. Hidegkuti era um dos poucos remanescentes da última Copa. Logo na estreia, os comandados de Lajos Baroti empataram com o "ferrolho" País de Gales por 1 a 1. Depois, os húngaros foram derrotados pelos suecos e venceram o México por 4 a 0. No jogo desempate contra os galeses, derrota surpreendente por 2 a 1 e eliminação na primeira fase. Menos de três mil pessoas estavam no estádio em Malmö. O País de Gales ficou na segunda posição da chave e foi o adversário do Brasil nas quartas de final, uma surpresa!

Grupo 4 (Gotemburgo, Uddevalla e Boräs)
Inglaterra, Brasil, URSS e Áustria

Inglaterra 2 x 2 União Soviética

Brasil 3 x 0 Áustria

Brasil 0 x 0 Inglaterra

União Soviética 2 x 0 Áustria

Brasil 2 x 0 União Soviética

Áustria 2 x 2 Inglaterra

União Soviética 1 x 0 Inglaterra (jogo desempate)

A chave era a mais equilibrada da Copa: o *"Grupo de ferro"*, de acordo com a *Gazeta Esportiva*. Os ingleses, os inventores do futebol, continuavam sendo uma grande força, mesmo com o abalo da tragédia aérea de Munique. O técnico Walter Winterbottom tinha um bom grupo nas mãos, mas não passou da primeira fase, com três empates e uma derrota para a URSS no jogo desempate. Aliás, o placar igual com o Brasil, na segunda rodada, foi o primeiro zero a zero da história dos mundiais.

Já os soviéticos, estreantes em Copas, venceram a Áustria e a Inglaterra, no duelo de desempate, perderam para o Brasil e ficaram em segundo lugar. Eles eram os campeões olímpicos de 1956 e contavam com a experiência e elegância do goleiro Lev Yashin, conhecido como "aranha negra", por estar sempre com uniforme escuro e pelas defesas acrobáticas. O arqueiro é uma das maiores lendas do futebol mundial. O meia Igor Netto também era destaque da equipe comandada por Gavriil Kachalin.

Como veremos nos próximos capítulos, a seleção brasileira, que naquela altura já era a única a estar presente a todos os mundiais, conseguiu a classificação em primeiro lugar da chave e não sofreu um gol sequer. Já a equipe da Áustria, que nos anos 30 foi chamada de *wunderteam* (time dos sonhos), não venceu nenhuma partida. Em 1954, os austríacos tinham conquistado o terceiro lugar.

Hindas: paz e harmonia para a seleção

A escolha da concentração em Hindas foi importante para a tranquilidade dos atletas brasileiros. Era um lugar calmo e circundado pelo lago que dá nome ao povoado. Hindas fica a 126 quilômetros da cidade de Uddevalla, local da estreia contra a Áustria, e a 35 quilômetros de Gotemburgo, importante centro industrial da Suécia, onde o Brasil enfrentou a Inglaterra e a URSS, na primeira fase, e o País de Gales, pelas quartas de final.

Entrada do hotel da seleção em Hindas
(*Fundo Correio da Manhã*/Acervo Arquivo Nacional)

A delegação ficou no Tourist Hotel, que tinha as paredes da área externa pintadas de vermelho. Algo curioso! Na época, a cor era associada ao comunismo e a seleção da URSS estava concentrada ao lado da equipe brasileira, a cerca de trezentos metros. As duas concentrações eram separadas por bucólicos pinheiros. A seleção treinava no campo do IFK Hindas, que ficava a dois quilômetros e meio de distância do hotel. Muitas vezes os jogadores faziam o trajeto a pé ou correndo.

Paulo Machado de Carvalho pediu à direção do hotel para que desse férias ao maior número possível de funcionárias e as substituíssem por homens. A revista *O Cruzeiro* citava férias antecipadas para a garçonete Brigitte, pois o *maître*, que era noivo da moça, estava receoso de que ela pudesse ser pretendida por algum jogador brasileiro.

Nos momentos de folga, os atletas jogavam dardo e tênis no gramado que ficava em frente ao hotel. Crianças das redondezas se aglomeravam para observar os brasileiros. No documentário "Pelé", exibido pela *Netflix* (2021), o Rei destaca que os jogadores negros eram os que chamavam mais atenção das jovens suecas. Ele relata que uma vez foi abordado por uma menina que o tocava na pele para saber se era tinta! Já na autobiografia, Pelé detalha: "*(...) As suecas nos adoravam, especialmente os jogadores negros. Acho que éramos uma novidade. Lembro-me de que todas as meninas de 14 e 15 anos corriam atrás de mim (...). Cheguei mesmo a ter um flerte com uma sueca linda chamada Ilena, que era tão fascinada pela minha pele escura como eu era pelos olhos azuis e pelo cabelo louro dela (...)*". Mas nem sempre era possível coibir as escapulidas dos jogadores. Anos depois da Copa, foi revelada a história do sueco Ulf Lindberg Henrik, filho de Garrincha.

Além de passeios de barco no lago, os jogadores brasileiros iam de ônibus ao parque de diversões Liseberg, em Gotemburgo. As edições da revista *Manchete Esportiva*, publicadas durante a Copa, trazem inúmeras fotos dos jogadores nos brinquedos do parque. Zagallo, Mazzola, Orlando, Vavá, Garrincha, Pelé e Didi eram figuras assíduas na roda gigante, no trem fantasma e no tiro ao alvo. A boa pontaria rendeu um urso de pelúcia a Pelé e uma boneca a Vavá. Os jogadores mal conseguiam caminhar no parque, pois eram abordados a todo instante com pedidos de autógrafo.

Em relação à comida oferecida no Tourist Hotel, os pratos eram à base de carne e sardinha portuguesa. No entanto, os jogadores reclamavam da falta de arroz e do excesso de batata. A comissão técnica fez então uma encomenda de arroz a um restaurante de Gotemburgo. O proprietário, sabendo que o produto era para a seleção brasileira, não quis cobrar pela mercadoria. Apesar dos cozinheiros à disposição, o goleiro reserva Castilho fazia questão de preparar o arroz e o massagista Mário Américo era o responsável pelo tempero. A comida para os sul-americanos na Europa foi um desafio: a Argentina, por exemplo, levou cerca de quinhentos frangos congelados para a Suécia.

O ambiente interno da seleção era muito positivo, fato que uniu ainda mais o grupo em torno do objetivo comum. Pelé, em sua autobiografia, ressalta o clima favorável reinante entre os atletas brasileiros: *"(...) Havia um bom ambiente na equipe. Éramos unidos e todo mundo tinha apelido além do seu nome de 'jogador'. Havia alguns estranhos – ninguém escapava – (...) Gylmar era 'Girafa', talvez por causa do pescoço comprido. Castilho, grande caráter, era 'Búris', mas eu não sei se isso se devia a alguma semelhança com o ator de cinema Boris Karloff ou ao fato de certa vez ele ter dito 'buris' ao pedir um bule de café"*. O livro cita outros apelidos: De Sordi era o "Cabeça"; Djalma Santos, "Rato"; Bellini, "Boi"; Dino Sani, "Joelho", por causa da careca; Didi, "Garça Negra"; Mazzola, "Cara de Pedra"; Pepe, "Macarrão"; Zagallo, "Boneco Chorão", e o próprio Pelé era chamado de "Alemão".[12]

O Rei também cita a preparação física: *"(...) naquele tempo, a mera presença de um preparador físico, qualquer que fosse a sua estratégia, era um progresso. E na verdade o ritmo intenso era bom, especialmente para uma campanha tão curta como a Copa do Mundo, com um máximo, na época, de apenas seis partidas para jogar (...)."*

Os jogadores estavam, claro, ansiosos para a estreia e eram poucas as notícias que recebiam do Brasil. A precariedade nas comunicações dificultava o contato com os familiares que foram proibidos de viajar para a Europa. No dia do duelo de estreia contra a Áustria, a delegação brasileira deixou Hindas, bem cedo, debaixo de chuva, e seguiu para Uddevalla. Os atletas e a comissão técnica se instalaram no Carlia Hotel.

---

12. Já a revista *O Mundo Ilustrado* destaca que: *"(...) Pelé ficou conhecido entre seus companheiros de delegação como o 'Don Juan dos brasileiros'. Pelé foi mesmo campeão do mundo antes de sua barba nascer (...)."*

O clima de Copa toma conta do Brasil

A euforia tomou conta dos brasileiros naquele mês de junho. Famílias e amigos se reuniram nas casas, nos bares, em praças e até nas praias para ouvir as partidas da seleção. Como veremos no capítulo 10, ainda não havia transmissão ao vivo pela TV dos jogos da Copa. As emissoras de rádio instalaram aparelhos e amplificadores em pontos centrais das capitais, como na Cinelândia, no Rio de Janeiro. Também houve uma corrida às lojas para comprar rádios.

A seleção brasileira jogava quase sempre às 19h, horário da Suécia, e as emissoras anunciavam o começo das transmissões para as 14h (horário do Brasil), cerca de uma hora antes do início dos duelos. Nos dias de semana, as repartições públicas decretaram ponto facultativo, as empresas dispensaram os funcionários mais cedo, as escolas cancelaram as aulas e os bondes e ônibus praticamente pararam de circular. Ninguém andava nas ruas, e as narrações de rádio faziam eco.

As cidades foram enfeitadas com as cores verde e amarela e os carros exibiam faixas e flâmulas da seleção. As famílias providenciaram verdadeiros banquetes para receber parentes e amigos: cervejas, refrigerantes, salgadinhos, sanduíches, bolos e doces de festa junina. Com a conquista, em 29 de junho de 1958, as ruas receberam milhões de pessoas em um carnaval fora de época. Foi uma comemoração jamais vista.

A jornada da seleção na Europa provocou inúmeros sentimentos na torcida: apreensão, sofrimento, euforia, lágrimas de emoção e, por fim, uma alegria incomparável. Tudo junto e misturado!

Paulo Machado de Carvalho mandava um recado aos torcedores: *"Confiem no 'scratch': são 22 titulares e nenhum covarde!"*

Aumente o volume do seu rádio ou, se você for um privilegiado, separe sua passagem aérea e embarque para a Suécia: a seleção vai estrear na sexta Copa do Mundo da história. E não se esqueça dos ingressos.

Ingresso da final da Copa
(acervo pessoal do autor)

Nilton Santos invade a área e marca na estreia da seleção
(*Fundo Correio da Manhã*/Acervo Arquivo Nacional)

4

Estreia sem sobras
Brasil 3 x 0 Áustria

BRASIL 3 × 0 ÁUSTRIA – Uddevalla – 08.06.58

<u>Brasil</u>: Gylmar, De Sordi, Bellini, Orlando e Nilton Santos; Dino Sani, Didi, Mazzola, Dida, Zagallo e Joel

Técnico: Vicente Feola

<u>Áustria</u>: Szanwald, Halla e Koller; Hanappi, Swodona e Happel; Horak, Senekowitsh, Buzek, Korner e Scheleger

Técnico: Karl Argauer

<u>Árbitro</u>: Maurice Guigue (França)

<u>Gols</u>: Mazzola (38) no primeiro tempo. Nilton Santos (5) e Mazzola (44) na etapa final

<u>Público</u>: 22.000

O estádio Rimnersvallen, em Uddevalla, era muito acanhado e não combinava com as pretensões do Brasil naquela Copa: ser protagonista. A revista *O Cruzeiro* destacava que *"parte dos brasileiros tinha que usar o banheiro feminino"*, de tão diminutas que eram as instalações, inclusive com arquibancadas de madeira. Estádio pequeno, porém, democrático: todos aqueles que não tinham ingressos se amontoavam em um morro que circundava a praça de esportes. Populares com megafones ajudavam os policiais a organizar a movimentação, antes do jogo, enquanto que crianças vendiam cartões postais e *souvenirs* da Copa.

Nas recordações de Zagallo, há um fato inusitado que demonstra o nível de improvisação dos organizadores: no estádio, não estava hasteada a bandeira do Brasil, mas a de Portugal! Será que os responsáveis pela partida desconheciam a independência em relação ao país europeu?

Pouco antes das 19h, daquele domingo, o destacamento militar de Uddevalla adentrou ao gramado para tocar os hinos nacionais. O nervosismo era visível nos jogadores brasileiros, conforme relatou o *Jornal do Brasil*: "*Nos minutos que antecederam o jogo com a Áustria, na hora em que a banda militar executava o Hino Nacional Brasileiro, vimos alguns jogadores franzindo o rosto, contraindo os músculos, tremendo mesmo. Os minutos iniciais da partida nos pegaram quase que desprevenidos e a seleção austríaca – durante um quarto de hora – parecia que nos iria derrotar. Mas os jogadores souberam vencer os primeiros (maus) minutos. Tiveram serenidade suficiente para diminuir os nervos, passar ao ataque e vencer.*"

A seleção brasileira na estreia contra a Áustria
(*Fundo Correio da Manhã*/Acervo Arquivo Nacional)

O interesse pela partida era grande: 45 fotógrafos, 12 cinegrafistas, 150 repórteres e 6 agências informativas estavam presentes. As notícias seriam transmitidas aos países por 25 telefones, uma estação de telégrafo e um sistema completo de teletipo. Será que a seleção brasileira iria fracassar de novo em uma Copa do Mundo? Os dois amistosos na Itália, no entanto, deixaram os torcedores animados. A revista *O Cruzeiro* mencionava a presença de cerca de quinhentos brasileiros no estádio.

O técnico Vicente Feola preferiu adotar uma postura conservadora naquele momento inicial e não escalou Garrincha. Já Pelé ainda sentia dores no joelho. A imprensa europeia destacava que a Áustria não tinha se rendido ao "futebol força" do continente e fazia questão de manter a técnica, a habilidade e, por que não, o "romantismo".

O árbitro francês Maurice Guigue, que também seria escalado para apitar a final da Copa, autorizou o início do duelo. Como em qualquer estreia, o Brasil começou nervoso e cometeu erros bobos na defesa, mas nada que comprometesse a retaguarda formada por Bellini, o capitão, e Orlando. Buzek perdeu uma boa chance aos cinco minutos.

Mazzola tenta disputar a bola com o goleiro da Áustria
(*Fundo Correio da Manhã*/Acervo Arquivo Nacional)

Enquanto isso, a zaga austríaca, jogando em linha, forçava o impedimento dos atacantes brasileiros. Aos poucos, o ataque nacional começou a fazer boas triangulações e, sobretudo, demonstrar velocidade, a ponto da imprensa europeia citar que os brasileiros eram "rápidos como o vento".

Aos 19 minutos, o goleiro Szanwald fez uma boa defesa em um lance de Mazzola. O técnico Feola não escondia a apreensão no banco de reservas e torcia por um gol ainda no primeiro tempo. E, o tento, enfim, veio para dar tranquilidade à seleção! O relógio marcava exatos 38 minutos: Mazzola recebeu belo passe de Zagallo e, cara a cara com o goleiro, chutou rasteiro no canto direito para estufar as redes austríacas: 1 a 0.

Na volta para o segundo tempo, veio um dos lances mais pitorescos daquele jogo, retratado pelo jornalista Teixeira Heizer: "*Cinco minutos do segundo tempo, Nilton Santos recebe de Bellini em sua zona de defesa e corre para o campo adversário: 'Volta Nilton' – grita Feola. O lateral continua correndo e ultrapassando seus adversários. Já está quase na intermediária austríaca. 'Volta, Nilton', insiste Feola. Nilton Santos finge não ouvir. Agora ele já está na entrada da área austríaca. 'Volta, Nilton' – esbraveja quase apoplético, o gordo treinador. Da entrada da área, Nilton chuta com maestria e vence o goleiro Szanwald. O público delira com o gol. 'Boa, Nilton' – resigna-se o desconcertado selecionador do Brasil.*"

A jogada do segundo gol brasileiro, com Nilton Santos invadindo a pequena área e vencendo o goleiro adversário, demonstra as várias potencialidades da seleção de 1958. Enquanto à época os laterais atuavam como meros marcadores, presos a um esquema tático, Nilton Santos, apelidado de "enciclopédia do futebol" pelo narrador esportivo Oduvaldo Cozzi, estava longe de ser um simples marcador. Zagallo, ponta-esquerda, dava cobertura às investidas de Nilton Santos. O próprio atleta se recordava: "*Os jogadores que estavam na reserva dizem que ele [Feola] até me chamou de louco. Realmente na época não era normal, era até proibido o defesa passar do meio de campo. A função era marcar, chegar até o meio de campo, entregar a bola e voltar para marcar. Mas eu me meti, tabelei com o Mazzola, deu tudo certo e hoje quem não tem lateral que saiba apoiar leva desvantagem, né?*"[13]

---

13. Entrevista ao autor (1998).

Revolucionário na forma de atuar, Nilton achou que jamais iria jogar a Copa por ser um atleta veterano. Ele tinha completado 33 anos em maio daquele ano. No entanto, sua raça e o privilegiado preparo físico faziam a diferença durante as partidas, como o próprio lateral afirmara à *Manchete Esportiva*: "*Não me mato em treino, confesso: mas em jogo sou até capaz de morder um, ou dois.*"

Com desvantagem no placar, a Áustria foi para cima em busca do empate. Naturalmente, os espaços apareceram. Era tudo o que a seleção brasileira necessitava para sacramentar o placar. Aos 44 minutos, Didi estava no círculo central do campo de ataque e deu um passe magistral para Mazzola que, sozinho, avançou e chutou forte: 3 a 0.

Fim de jogo! Após o apito final, o alívio dos brasileiros era nítido, pois a partida não tinha sido fácil. Superavam-se, assim, a desconfiança e o nervosismo inicial com uma boa vitória na estreia.

A revista *Manchete*, em eloquente destaque, afirmava: "*Pelotão de Feola fuzila a Áustria*". A publicação ainda elogiava a atuação de Mazzola: "*Mazzola, o diabo louro, cujo passe vale Cr$ 25 milhões, tem deslocado de admiração os mais sóbrios queixos europeus*". Em outra frase: "*Mazzola acabou com a valsa: 3 a 0*". O jogador, praticamente vendido para o Milan, recebeu inúmeros elogios pela atuação.

Ainda nas páginas da *Manchete*, o técnico Vicente Feola se mostrava aliviado: "*É o primeiro passo para o sonho sempre adiado, sempre transferido para a 'próxima vez'. Vicente Feola disse que 'estamos credenciados para a vitória e o ar sueco está entrando bem nos nossos pulmões', O ar sueco, a preparação intensiva da seleção, mas principalmente a vontade de vencer, a disposição – quase juramento – de não voltar ao Brasil trazendo outra vez a flâmula de vice*". O treinador também esperava uma evolução para o duelo contra os ingleses: "*Superado o nervosismo da estreia, natural, deveremos melhorar bastante para o segundo encontro*". O tempo confirmaria a otimista previsão do treinador brasileiro.

O comandante da seleção declarou, depois da conquista da Copa, que a partida contra a Áustria tinha sido a mais difícil da primeira fase, pois o placar de 3 a 0 não refletiu a dificuldade do jogo. Ele tinha razão, pois a equipe balançou as redes adversárias se aproveitando dos contra-ataques.

Já *O Globo* dizia que, apesar dos nervos, o Brasil ganhou bem e convenceu a torcida. Outros jornais destacavam que a seleção usou muito a marcação por zona, criada pelo técnico Zezé Moreira, comandante do Brasil na Copa anterior. O treinador, inclusive, estava na Suécia, acompanhando o mundial. À *Manchete Esportiva,* Zezé deu a seguinte declaração: "*Se o time continuar jogando assim, dentro desse sistema, não perde. Dificilmente perderá. Gostei muitíssimo da equipe, que está preparada realmente para a campanha, e esta vitória sobre a Áustria deve ser colocada no rol das mais importantes de quantas possam vir a ser obtidas aqui*". O treinador foi aos vestiários e felicitou Vicente Feola, Paulo Machado de Carvalho e ainda conversou com Didi.

Os jogadores se cumprimentam depois da vitória brasileira
(*Fundo Correio da Manhã*/Acervo Arquivo Nacional)

A revista *O Cruzeiro* analisava: "*Com o coração, muito mais do que com o talento, a equipe do Brasil derrotou a Áustria (3 x 0), estreando na Copa do Mundo aos olhos frios de pouco mais de 20 mil pessoas – tanto quanto comporta o pequeno estádio de Uddevalla nas suas arquibancadas de madeira e caixotes, tão pobre como campinhos do subúrbio*". Por falar em "campinho", Nilton Santos se recordou dos pequenos gramados onde disputava peladas na Ilha do Governador, no Rio de Janeiro. A revista prossegue: "*(...) Os observadores europeus, que acreditavam ver em campo duas equipes românticas, viram – isso sim – os poetas do Brasil e da Áustria jogando um futebol de esforço, de sacrifício e de solidez atlética. A primeira batalha mostrou que o Brasil, romântico e manhoso, também tem coração.*"

Os jornais da época diziam ainda que a Áustria estava visivelmente em más condições físicas e não resistiu ao toque de bola e à velocidade dos brasileiros. Além de Mazzola, Nilton Santos e Didi, o goleiro Gylmar foi elogiado pela imprensa brasileira por sua segurança e também pela forma como orientava os companheiros. Ele foi escolhido como o "desportista da semana" por uma empresa fabricante de bicicletas, conforme o anúncio abaixo:

Pela sua brilhante atuação no jôgo contra a Áustria
GILMAR, "O DESPORTISTA DA SEMANA"
(de 2 a 8 de Junho)
Receberá uma **BICICLETA GULLIVER**
Oferta das Indústrias de Bicicletas e Motocicletas Gulliver S. A.

Chamada publicada nos jornais
(acervo pessoal do autor)

Manchetes dos jornais (Brasil 3 x 0 Áustria)

<u>Gazeta Esportiva</u>: "Firme o Brasil na sua estreia"

<u>Jornal dos Sports</u>: "Vencemos a primeira"

<u>Folha da Noite</u>: "Feola não gostou da produção da equipe"

<u>O Globo</u>: "'Goal' de Mazzola"

Estado de S. Paulo: "O Brasil venceu a Áustria por 3 a 0"

A seleção deixou temporariamente a concentração em Hindas e viajou para Gotemburgo, local do próximo desafio na Copa: a Inglaterra. Os "inventores do futebol" não dariam vida fácil ao Brasil e a partida se antecipava dificílima.

Outra parada dura rumo ao inédito título.

"Se tivesse jogado contra a Inglaterra, ele não teria dado a menor pelota para a rainha Vitória."
(Nelson Rodrigues, sobre a ausência de Garrincha contra os ingleses)

O goleiro inglês virou uma barreira intransponível
(*Fundo Correio da Manhã*/Acervo Arquivo Nacional)

5

Empate dos goleiros
Brasil 0 x 0 Inglaterra

BRASIL 0 × 0 INGLATERRA – Gotemburgo – 11.06.58

<u>Brasil</u>: Gylmar, De Sordi, Bellini, Orlando e Nilton Santos; Dino Sani, Joel, Didi, Mazzola, Vavá e Zagallo

Técnico: Vicente Feola

<u>Inglaterra</u>: McDonald, Howe, Banks, Clamp, Billy Wright, Slater, Douglas, Robson, Kevan, Haynes e A'Court

Técnico: Walter Winterbottom

<u>Árbitro</u>: Albert Dusch (Alemanha Ocidental)

<u>Público</u>: 40.895

Depois da vitória contra a Áustria, a empolgação da torcida brasileira naturalmente aumentou. Naquela quarta-feira, 11 de junho de 1958, tradicionais pontos de encontro de torcedores, como a Praça da Sé, em São Paulo, e o Largo da Carioca, no Rio de Janeiro, ficaram lotados. Os escritórios dispensaram os funcionários mais cedo e nem todo mundo conseguiu chegar a casa para ouvir o jogo. A alternativa foi acompanhar a partida pelos aparelhos de rádio instalados nas ruas.

A seleção deixou Hindas e viajou de ônibus para Gotemburgo, a segunda maior cidade da Suécia e que possui um porto muito movimentado. Com capacidade para 43.000 torcedores, o Estádio Nya Ullevi foi construído especialmente para o mundial e era uma das mais modernas praças de esportes na época.

No dia da partida, a imprensa sueca registrou a chegada de três grandes barcos ingleses e cerca de mil e quinhentos marujos desembarcaram em Gotemburgo, que oferecia muitas atrações aos visitantes. A revista *Manchete Esportiva* cita que os ingleses ficaram hospedados no Park Avenue Hotel, no centro. O local tinha uma boate famosa com festas que não raramente varavam as madrugadas. Os jogadores, claro, estavam proibidos de cair na farra. A agência de notícias da Alemanha *Sport-Korrespondenz* projetava que o *"English Team"* era o favorito para ganhar a Copa, mas a equipe decepcionou na estreia, ficando no empate com a URSS. O treinador inglês, por sua vez, considerava o Brasil mais perigoso do que a Áustria, adversária da mesma chave. O espião da Inglaterra, Bill Nicholson, recomendava que os atletas marcassem Didi, pois as jogadas brasileiras começavam dos pés dele. Gylmar tinha sido alertado pelo goleiro Yashin, da União Soviética, sobre o atacante Kevan que usava e abusava das cotoveladas.

O técnico Vicente Feola sabia das dificuldades. A seleção teria apenas uma alteração: Dida daria lugar a Vavá. Centroavante rompedor de áreas, o jogador pernambucano era chamado de "leão" e recebeu do narrador esportivo Geraldo José de Almeida o apelido de "peito de aço". Os jornais diziam que Dida tinha sido barrado pelo psicólogo João Carvalhaes, apelidado de "Freud da seleção". A revista *O Cruzeiro* trazia um bastidor: *"Dida, com o tornozelo sempre dolorido, pediu para voltar ao Brasil. O pedido foi feito quando a equipe ainda estava na Itália. Mas a comissão técnica constatou que a contusão não tinha a gravidade imaginada"*. Seja como for, o fato é que Dida não entrou mais em campo na Copa.

Bellini cumprimenta o capitão inglês
(*Última Hora*/Arquivo Público do Estado de São Paulo)

Os jornais especulavam sobre a escalação de Garrincha. A edição do *Jornal do Brasil* daquele dia de 11 de junho chegou às bancas com o seguinte destaque: "*Garrincha na ponta hoje contra a Inglaterra. (...)* "*Garrincha, arma secreta de Feola para confundir ingleses - Só esta manhã a escalação definitiva - Vavá de sobreaviso para entrar no lugar de Mazzola ou Didá*". Entretanto, a mudança, que poderia dar mais ritmo ao ataque da seleção, não se concretizou. "*O treinador brasileiro Vicente Feola declarou ontem aos jornalistas que não encara a partida com a Inglaterra com otimismo nem com pessimismo. 'Estamos plenamente conscientes. Uma grande responsabilidade caiu sobre nossas costas, mas procuraremos corresponder à confiança'*", destacava a imprensa.

Os jornais traziam ainda declarações do capitão inglês Billy Wright, ressaltando a confiança na vitória sobre os brasileiros. O resultado de 4 a 2, em amistoso em Londres, em 1956, ainda estava na retina dos torcedores do "time da rainha". Os ingleses usavam esse jogo como exemplo para reiterar o favoritismo contra o Brasil.

Apesar do otimismo, o placar de dois anos antes não se repetiu. O jogo foi bastante disputado, mas o bom desempenho dos goleiros garantiu o primeiro 0 a 0 da história da Copas. De acordo com a *Gazeta Esportiva Ilustrada*, foi um grande duelo: "*Por quatro vezes o grito de gol morreu nas gargantas dos suecos no empate entre Brasil e Inglaterra: 0 a 0! - ótimo nível técnico da partida - os brasileiros estiveram mais próximos da vitória - McDonald, um gigante entre os britânicos - o travessão também colaborou com o 'English Team'.*"

As duas equipes adotaram a cautela até os 25 minutos iniciais, quando a seleção brasileira começou a pressionar: Dino Sani chutou e a bola passou raspando o travessão inglês. Quatro minutos depois, Vavá recebeu um passe de Bellini, invadiu a área e mandou um "petardo" na trave. A torcida sueca aplaudia de forma efusiva o ataque brasileiro. Enquanto isso, os adversários começavam apelar para o jogo violento.

Aos 33 minutos, Mazzola cabeceou e o goleiro inglês espalmou. Quando a bola ia entrando no gol, o arqueiro conseguiu se recuperar. O atacante brasileiro estava muito marcado por Billy Wright. Aos 40 minutos, Gylmar interceptou um ataque de Haynes.

No segundo tempo, aos cinco minutos, Mazzola cabeceou e a bola passou raspando a trave. Aos oito minutos, o zagueiro Orlando tentou recuar, de letra, para Gylmar, mas Robson chegou antes e cruzou para a área. O gol, iminente, foi evitado por Bellini.

A seleção brasileira continuou pressionando e dando trabalho para o goleiro adversário. Aos 25 minutos, em uma troca de passes com Vavá, Mazzola chutou para uma defesa milagrosa de McDonald. Aos 27 minutos, Joel também perdeu uma boa chance.

A equipe de Feola reclamou muito da atuação do árbitro alemão que encerrou o jogo faltando 15 segundos para acabar o tempo regulamentar e, principalmente, deixou de marcar um pênalti em Mazzola. O jogador enfrentava toda a pressão da imprensa por causa da transferência para a Europa. Naquele duelo, o atleta supostamente teve uma crise de choro e levou uma repriminda do capitão Bellini.

No dia seguinte ao empate, *O Globo* trazia a manchete: "*Os italianos pagariam 30 milhões por Mazzola*". O contrato ainda não tinha sido fechado, mas o negócio deveria se concretizar nos próximos dias. Será que ele ainda estava com a cabeça na Copa? Sobre o jogo, Mazzola falou à *Manchete Esportiva*: "*Cabeceei no lugar certo, as duas bolas. Mas o homem [o goleiro] parecia que tinha visgo[14] nas mãos.*"

O empate por zero a zero deixou Vicente Feola preocupado, pois a seleção poderia ter rendido muito mais em campo e garantido a classificação antecipada em caso de vitória. O desempenho do ponta Joel desagradou o treinador que esperava mais velocidade pela direita. O jogador também não escapou das críticas feitas pela revista *Manchete*: "*(...) Joel foi trancado (licitamente) por Slater, perdeu a bola e deu um empurrão no médio. O juiz (alemão) marcou falta. Joel reclamou: teria sido antes empurrado. Que é isso? Desconhecimento total do que a regra permite e do que não permite. Ficou como lição maior de um jogo – afinal de contas, positivo – da representação brasileira, a despeito do 0 x 0. É preciso que o jogador aprenda também as regras*". Vavá confessou, anos depois, que a dupla formada por ele e por Mazzola não deu certo.[15]

O treinador Zezé Moreira, a exemplo do que fez contra a Áustria, deu palpite após o empate. Ele considerou a tática brasileira "suicida", pois a equipe nacional jamais poderia ter jogado no contra-ataque, o que restringiu o potencial ofensivo de Vavá e Mazzola.

Por outro lado, o jornal britânico *Daily Herald* se rendia ao futebol arte do Brasil: "*Foi uma sensação. A Inglaterra se aguentou contra os brilhantes mágicos do futebol. (...) Contra os soberbos jogadores brasileiros - converteram 28 gols em seus últimos 8 jogos*". O técnico inglês, Walter Winterbottom, disparou: "*Foi um 'match' de primeira classe e tenho o prazer de apontar o goleiro McDonald como o grande jogador da tarde.*"

Durante a Copa, já com o Brasil classificado para as semifinais, Nelson Rodrigues destacou que se Garrincha tivesse jogado contra os ingleses, o placar não ficaria em branco: "*(...) Se tivesse jogado contra a Inglaterra, ele não teria dado a menor pelota para a rainha Vitória, o lord Nelson e a tradição naval do adversário. Absolutamente. Para ele, Pau Grande,*

---

14. Visgo é uma espécie de planta grudenta.

15. Entrevista de Vavá à TV Cultura (1993).

que é a terra onde nasceu, vale mais do que toda a Comunidade Britânica. Com esse estado de alma, plantou-se na sua ponta para enfrentar os russos. Os outros brasileiros poderiam tremer. Ele não e jamais. Perante a plateia internacional, era quase um menino (...)."

Contra os soviéticos, Garrincha jogou e, claro, não tremeu!

Quem abrisse os jornais, veria um anúncio de uma empresa de turismo. Ainda dava tempo de viajar para a Suécia e ser testemunha de um dos maiores jogos da seleção em todos os tempos.

Vamos viajar para Gotemburgo?

> **AINDA ESTÁ EM TEMPO PARA ASSISTIR**
> **BRASIL x RÚSSIA**
> no próximo domingo, dia 15 de junho, em GOTEMBURGO
> TEMOS RESERVAS PARA 5 PESSOAS, COM PARTIDA
> DO RIO, SEXTA-FEIRA, às 18h35m
>
> **AGÊNCIA DE VIAGENS**
> **CAMILLO KAHN**
> Av. Rio Branco, 120, sobreloja (Ed. As. Empreg. no Comércio) - Tel. 32-8050

Chamada publicada nos jornais
(acervo pessoal do autor)

Manchetes dos jornais (Brasil 0 x 0 Inglaterra)

<u>Gazeta Esportiva</u>: "Esplêndida partida da seleção nacional"

<u>Jornal dos Sports</u>: "Poucas vezes o zero a zero falou tanto uma verdade"

<u>O Globo</u>: "Não conseguimos vencer os ingleses"

<u>Estado de S. Paulo</u>: "Brasil e Inglaterra empatam em Gotemburgo sem marcar pontos"

<u>Jornal do Brasil</u>: "Brasil-Inglaterra, 0 x 0: basta agora empate"

Jogadores comemoram gol de Vavá
(*Última Hora*/Arquivo Público do Estado de São Paulo)

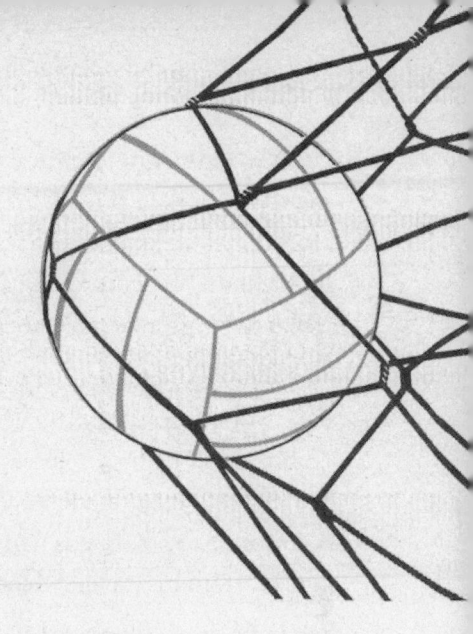

6

Pelé e Garrincha, "os nada científicos"
Brasil 2 x 0 URSS

BRASIL 2 × 0 UNIÃO SOVIÉTICA – Gotemburgo – 15.06.58

<u>Brasil</u>: Gylmar, De Sordi, Bellini, Orlando e Nilton Santos; Zito, Didi, Garrincha, Pelé, Vavá e Zagallo

Técnico: Vicente Feola

<u>URSS</u>: Yashin, Kessarev, Kriglevski, Kuznetsov, Voinov, Igor Netto, Valentin Ivanov, Simonian, Ilin, Tsarev e Alexander Ivanov

Técnico: Gavriil Kachalin

<u>Árbitro</u>: Maurice Guigue (França)

<u>Gols</u>: Vavá aos 3 do primeiro tempo e aos 32 da etapa final

<u>Público</u>: 50.928

O futebol é antes de tudo um espetáculo. É a arte de um jogador com a bola nos pés. Quem estava nas arquibancadas do Estádio Nya Ullevi jamais se esqueceu do que viu naquele domingo, 15 de junho de 1958. O público europeu aplaudia, dava risada e se espantava com um certo jogador que abusava dos dribles e deixava os marcadores literalmente caídos na ponta direita. Já no meio de campo, partindo sempre em direção ao ataque, um garoto magro, ligeiro e muito habilidoso também chamava atenção: quem era ele? Quantos anos tinha? Parecia menor de idade. E era: faria 18 anos dentro de quatro meses e oito dias.

A equipe adversária da seleção brasileira era cercada de mistério e de simbologia política, a ponto do presidente da República, Juscelino Kubitschek, pedir à seleção uma atenção especial ao enfrentar a União Soviética. O mundo vivia a Guerra Fria e o ocidente temia os comunistas. As informações sobre os países do Leste Europeu, por trás da "Cortina de Ferro", eram raras e desencontradas. Dentro de campo, a imprensa falava do "futebol científico" da URSS e que a seleção soviética era formada por "super-homens".

Vavá, autor dos dois gols da partida, recordava: "*O jogo contra a União Soviética ficou mais marcado devido à situação do mundo na época. Os russos eram os grandes competidores do espaço. Então aquilo criou um ambiente muito fechado, muito difícil. Os russos criaram uma fama esportiva muito rapidamente, porque era um time bom, brigador. Então criou aquela situação temerosa. Eu, particularmente, como havia jogado na Rússia em 1956 e 1957 com o time do Vasco, já tinha enfrentado o Dínamo. Na véspera do jogo fui até a porta da concentração deles, conhecia alguns jogadores. Diziam para mim: 'não vai lá porque aqueles caras são comunistas'. Mas tive a felicidade de fazer os dois gols*".[16] Em 1957, a URSS lançou o *Sputnik*, o primeiro satélite artificial da Terra, e largou à frente na corrida espacial. Isso mexia com a imaginação das pessoas.

Na concentração em Hindas, os jogadores brasileiros conseguiam avistar o campo de treino dos russos e, a todo momento, um atleta estava correndo ao redor do gramado, como se fosse uma "máquina". Era uma forma de amedrontar os adversários. Os russos eram cordiais e gostavam de conversar com os jogadores brasileiros ao redor do lago, em Hindas. A revista *O Cruzeiro* informou que o treinador Kachalin visitou a concentração brasileira e trocou aperto de mão com Feola. Vavá e Didi eram os que tinham mais contato com os adversários.

---

16. Entrevista ao autor em 1998.

Seleção perfilada com Pelé e Garrincha pela primeira vez na Copa
(*Fundo Correio da Manhã*/Acervo Arquivo Nacional)[17]

A vitória seria fundamental para o futuro do Brasil na Copa. Uma eventual derrota não eliminaria automaticamente a seleção, mas a equipe poderia depender de outros resultados. Áustria e Inglaterra se enfrentariam no mesmo horário. Além de ganhar, era preciso dar espetáculo e espantar de vez os fantasmas do passado.

Pressionado ou não pelos próprios jogadores a mexer no time, Vicente Feola resolveu deixar a equipe mais ofensiva. Em uma entrevista ao programa "Todas as Copas do Mundo", da TV Cultura, em 1974, Feola admitiu que já pensava escalar Pelé no primeiro jogo, mas ele ainda não tinha condições físicas. Sobre Garrincha, o treinador foi lacônico e evitou polemizar: "*O Garrincha entrou no momento certo e na hora certa*". Zagallo, que dividia o quarto com Joel, afirmou que o ponteiro não estava bem fisicamente e este procurou o técnico Feola para deixar Garrincha de sobreaviso.[18] Quando ficou sabendo que Mané seria escalado, Nilton Santos pediu à comissão técnica para dar a notícia a ele.

---

17. Da esquerda para direita: De Sordi, Vavá, Pelé, Zito, Didi, Garrincha, Zagallo, Nilton Santos, Orlando, Gylmar e Bellini.

18. Depoimento ao documentário "1958: o ano em que o mundo descobriu o Brasil", 2008 (dir. José Carlos Asbeg).

Já Pelé ainda sentia o joelho pesado por causa da contusão sofrida no jogo treino contra o Corinthians, no Pacaembu. "*Pelé: último teste. O meia santista participou do treino de ontem dos suplentes e deverá ser submetido hoje a uma prova definitiva. Em Hindas, o coletivo dos brasileiros. Vavá e Zito estão prontos para entrar em ação*", destacava O Globo. Os jornais traziam ainda declarações de Garrincha: "*Estou louco para jogar*". Nilton Santos, amigo de Mané e companheiro no Botafogo, dizia: "*Espero que domingo, com os soviéticos, encontremos a nossa melhor forma de entendimento. Piorar, não podemos.*"

O anúncio da escalação desfez todos os mistérios: Garrincha entrou no lugar de Joel; Pelé substituiu Mazzola e Dino Sani, que se machucou em um treino na véspera, deu lugar ao raçudo Zito, que ficou sabendo que participaria da partida de uma forma no mínimo curiosa: quando foi olhar o quadro de avisos da concentração soube que estava escalado. Seguramente, uma das melhores surpresas que o jogador já teve em toda vida. Zito era um comandante dentro de campo e esbanjava fôlego.

Vavá e Pelé em ação contra os soviéticos
(*Última Hora*/Arquivo Público do Estado de São Paulo)

Pelé revela, em sua autobiografia, que começava a suspeitar que naquele momento poderia estrear na Copa: "*(...) Na véspera do jogo eu fiquei sabendo que seria escalado. Zito, meu companheiro de equipe no meio-campo do Santos, veio falar comigo e me disse: '– Acho que chegou a nossa hora'. Eu respondi: '– Mas justo nesse jogo, o mais difícil?' Ele disse que o Mazzola não estava se sentindo bem e achava que nós dois teríamos oportunidade (...)*". Pelé conta que foi informado por Carlos Nascimento que Feola o escalaria. O massagista Mário Américo também veio lhe dar boa notícia. Pelé e Garrincha participaram do último treino que foi antecipado para o período da manhã para despistar a imprensa.

Em Gotemburgo, o relógio marcava 19h, ainda era dia claro, quando Maurice Guigue autorizou o início do duelo. Os minutos iniciais foram sublimes! O tal "futebol científico" dos adversários se esfacelou aos pés de Garrincha, com uma atuação assombrosa. Além dos dribles desconcertantes, o jogador chutou uma bola na trave de Yashin, logo no início do duelo. A torcida aplaudia e dava risada. Em outro lance, Pelé mandou a bola no travessão: um espanto! Aos três minutos, Didi estava bem marcado na intermediária da União Soviética, mas esperou pelo melhor posicionamento de Vavá que recebeu a bola, invadiu a área e tocou com o pé direito na saída do goleiro: 1 a 0. Fantástico!

Os fotógrafos atrás da meta russa se levantaram em busca do melhor ângulo da comemoração. Garrincha não se cansava de infernizar a zaga adversária e repetia inúmeras vezes os seus dribles desconcertantes. Yashin tentava orientar a zaga, mas não tinha jeito. Tudo acontecia de maneira totalmente imprevisível, o que deixava os soviéticos desnorteados. Para piorar, Tsarev se contundiu e a equipe da URSS ficou desfalcada, pois não eram permitidas substituições.

Na etapa final, Pelé e Vavá fizeram uma tabelinha de cabeça, mas Yashin impediu a sequência da jogada. Aos 32 minutos, os dois jogadores trocaram passes, já dentro da área adversária, a bola sobrou para Vavá que disputou com um zagueiro e conseguiu empurrar a bola para as redes: 2 a 0. O lance, de muita raça, custou ao centroavante um corte na canela.

Jogada do segundo gol de Vavá
(*Fundo Correio da Manhã*/Acervo Arquivo Nacional)

Sem condições de jogo, Vavá ficaria de fora das quartas de final. Em contundente declaração à *Manchete Esportiva*, o jogador deixava claro que pela seleção seria capaz de assumir quaisquer riscos, inclusive à própria integridade física: *"Um gol para o Brasil valeria a perna quebrada"*. Felizmente, Vavá não precisou tomar pontos, o que poderia inviabilizar a participação dele na Copa.

Apesar de não marcar gol, Pelé também começou a impressionar o mundo naquela partida contra a URSS. Ele estava meio acanhado, é verdade, como admitiu, mas aquele garoto de 17 anos já se destacava. *"A coisa mais importante nesse jogo foi eu querendo saber se meu pai estava ouvindo a partida"*, conforme relatou à *Gazeta Esportiva*. Já a *Manchete Esportiva* registrou a comemoração de Feola no banco de reservas: *"(...) até Feola – que não é dado a tais expansões – pulou que nem uma criança pela pista do Estádio de 'Nya Ullevi'. Exibição maravilhosa dos nacionais, como há muito não assinalamos"*. Gylmar dos Santos Neves praticamente não foi acionado: fez uma defesa aos 10 minutos do primeiro tempo. E ficou nisso.

Já a seleção atacou trinta e seis vezes. A revista *O Cruzeiro* trazia uma declaração curiosa de Nilton Santos durante a partida: *"Chega,*

Mané, chega, você já está inventando demais". Companheiro de Garrincha no Botafogo, Nilton era como um irmão mais velho para Garrincha e se sentia responsável pelos atos de Mané.

Fim de espetáculo: vitória maiúscula do futebol brasileiro que garantiu a classificação em primeiro lugar no grupo, com cinco gols marcados e nenhum sofrido. Participação mais que convincente na primeira fase da Copa. O treinador da seleção foi elogiado pela imprensa, que reconheceu os méritos de seu trabalho. O jornal *O Globo* dizia: *"Foi feliz Vicente Feola com as modificações introduzidas no nosso ataque. O meia santista [Pelé], no princípio, parecia pouco confiante nas suas condições físicas, afastado, que se encontrava, há mais de 20 dias. O popular 'Seu Mané' foi um espetáculo à parte, fazendo convergir para seu lado as simpatias e admiração da torcida que lotou as dependências do grandioso estádio de Nya Ullevi".* Garrincha era chamado de *"sputnik* sul-americano" pela imprensa. Por outro lado, o marcador do ponta na partida, Kuznetsov, ficou tão atordoado que revelou aos companheiros que não queria mais jogar futebol. A atuação de Zagallo na ponta esquerda também foi elogiada pela crônica esportiva. Vavá dizia que os dois gols foram *"frutos do esforço geral pela vitória".* A *Manchete Esportiva* colocou a seguinte legenda em uma foto de um dos gols do centroavante: *"(...) penetrando bravamente pela 'cortina de ferro' (...)."*

O técnico da URSS não poupou elogios: *"Sempre temi os artistas e os brasileiros são artistas".* Já Paulo Machado de Carvalho agradeceu à imprensa por ter deixado o escrete em paz durante os treinamentos: *"Metade dessa vitória pertence a vocês".* O professor Carvalhaes, que tanto duvidou de Pelé e de Garrincha, rendeu-se ao futebol da dupla que jamais perdeu junta uma partida pela seleção brasileira: *"A melhor resposta para o estado d'alma dos jogadores foi dada por eles próprios, no campo. (...) Os jogadores estavam um pouco nervosos, é verdade. Mas tudo coisa natural."*

Nos vestiários, todos cumprimentavam Garrincha, que estava meio acanhado e admitia desconhecer o nome dos jogadores soviéticos. O clima entre os brasileiros era muito bom, graças ao esforço de Paulo Machado de Carvalho. Joel, por exemplo, que perdeu a vaga de titular para Garrincha, virou o "barbeiro" oficial do time.

Naquela noite, os jogadores comemoraram a vitória em uma festa no hotel em Gotemburgo, das 22h à meia-noite. Gunnar Goransson, empresário sueco, era uma figura muito querida pela comissão técnica, pois tinha morado no Rio de Janeiro. Ele convidou um grupo de moças de um vilarejo para que acompanhasse os atletas brasileiros na valsa da vitória.

A repercussão na imprensa internacional foi igualmente exuberante. Os jornais falavam no melhor jogo da história das Copas até o momento. Os cronistas rasgaram elogios.

"Em minha vida de cronista, que é bem longa, nunca vi coisa igual. Foi o maior 'show' de futebol que já assisti em todos os tempos. Nem o famoso escrete húngaro de 54 conseguiu produzir igual. Destaco ainda esse novo ponteiro, Garrincha, que considero o jogador mais espetacular que já vi jogar." (Cândido de Oliveira, cronista português)

Yashin e Gylmar em foto de 1959
(*Última Hora*/Arquivo Público do Estado de São Paulo)

"Eu esperava que os brasileiros se recuperassem. A tendência era essa. Temia somente pela produção do ataque. E as modificações introduzidas foram decisivas. Esse, sim, é o futebol brasileiro que um dia me empolgou para toda a vida. Sou grato a essa rapaziada por ter mostrado aos meus colegas que tenho muita razão, quando afirmo que, bem inspirados, os brasileiros são realmente insuperáveis, contra qualquer adversário." (Willy Meisl, cronista austríaco)

"Jamais assistimos, em nossas terras, algo tão esplendoroso como esse futebol que o Brasil nos mostrou. Não supunha que uma equipe pudesse jogar tão bem, alguma vez, ou que algum craque pudesse produzir tanto como o fizeram todos os seus jogadores contra a Rússia, notadamente Didi, Garrincha e Nilton Santos." (Sveson Nilsson, jornalista sueco)

"Foi um dos maiores espetáculos que já vi." (Jean Eskenazi, jornalista francês)

"Os jogadores brasileiros construíram um extraordinário fogo de artifício. O mais brilhante que já vi. A equipe, soberbamente comandada por Garrincha, Didi, Vavá e Pelé, permaneceu sozinha completamente senhora de campo e zombou dos russos, completamente transtornados e perdidos e que somente encontraram salvação com o auxílio de grandes pontapés." (Gabriel Hanot, jornalista francês do *L'Équipe*)

"Muitos invernos passarão pela Suécia até que se possa voltar a ver uma exibição como a dos brasileiros, domingo." (Jornal *Ny Tid*, de Gotemburgo).

"Seus dribles fantásticos, a agressividade de seu estilo, abalaram a solidez do time russo. Garrincha abriu brechas que a teoria de Kachalin ignorava. Garrincha desmoralizou seu marcador direito. (...) Demoníaco. (...) O Brasil vestiu a camisa listrada da picardia." (*O Cruzeiro*)

Na crônica intitulada *Descoberta de Garrincha*, publicada na edição de *Manchete Esportiva* de 21 de junho de 1958, Nelson Rodrigues exalta Mané: "(...) E eis que, pela primeira vez, um 'seu' Manuel é o meu personagem da semana. Com esse nome cordial e alegre de anedota, ele tomou conta da cidade, do Brasil e, mais do que isso, da Europa. Creiam, amigos: o jogo Brasil x Rússia acabou nos três minutos iniciais. Insisto: nos primeiros *três minutos da batalha, já o 'seu' Manuel, já o Garrincha, tinha derrotado a colossal Rússia, com a Sibéria e tudo o mais. E notem: bastava ao Brasil um empate. Mas o meu personagem não acredita em empate e se disparou pelo campo adversário, como um tiro. Foi driblando um, driblando outro e consta inclusive que, na sua penetração fantástica, driblou até as barbas de Rasputin (...). Calculo que, lá pelas tantas, os russos, na sua raiva obtusa e inofensiva, haviam de imaginar que o único meio de destruir Garrincha era caçá-lo a pauladas. De fato, domingo, só a pauladas e talvez nem isso, amigos, talvez nem assim."*

O jornalista Mário Filho, irmão de Nelson Rodrigues, apontava nas páginas do *Jornal dos Sports*: *"(...) Garrincha, no fundo, é um simples. Quem debocha não é ele, é o torcedor, é a plateia, que, mesmo sendo sueca, não resiste e antes de bater palma se dobra em gargalhadas. O João caído não ri, que não é hora de rir. Olha para Garrincha. Se Garrincha fosse um Tinoco, um médio do Vasco de trinta anos atrás, que vivia rindo, que tinha um tique nervoso que lhe repuxava a boca e a abria e fechava em risinhos, não escaparia de uns bons tapas. Ou, pelo menos, teria de embolar com todo João que lhe aparecesse (...)."*

Por fim, ao término da primeira fase, a imprensa salientava que o esquema tático da seleção não era rígido ou amarrado, o que permitia os jogadores a improvisar e, por que não, ousar mais com a habilidade. Um dos exemplos foi o gol de Nilton Santos contra a Áustria. O Brasil deixava para trás esquemas como o WM[19] e a marcação por zona, utilizados nas duas Copas anteriores e apostava no 4-2-4, com variações para o 4-3-3.

As quartas de final da Copa foram disputadas no dia 19 de junho com os seguintes duelos: Suécia x URSS, Alemanha x Iugoslávia, França x Irlanda do Norte e Brasil x País de Gales. O duelo brasileiro contra o "ferrolho" galês não foi nada fácil, mas marcou para sempre a vida daquele que ainda seria o Rei do futebol. Pelé, definitivamente, começava a conquistar a fama que o consagraria como o maior futebolista da história.

---

19. Esquema tático criado em 1925 por Herbert Chapman, então técnico do Arsenal (Inglaterra). O sistema é formado por três defensores, dois meio-campistas recuados, dois meio-campistas avançados e três atacantes. A disposição dos jogadores no campo forma um "W", no ataque, e um "M", na defesa.

Embora distante das monarquias europeias, em breve o mundo teria um novo Rei.

Manchetes dos Jornais (Brasil 2 x 0 URSS)

Gazeta Esportiva: "Brasil derrota URSS"

Jornal dos Sports: "Nossa vitória é da torcida"

O Globo: "Grande vitória do Brasil"

Estado de S. Paulo: "Classificou-se o Brasil ao vencer o quadro russo"

O chute de Pelé que derrubou Gales
(*Última Hora*/Arquivo Público do Estado de São Paulo)

7

**Furando o bloqueio
Brasil 1 x 0 País de Gales**

BRASIL 1 × 0 PAÍS DE GALES – Gotemburgo – 19.06.58

<u>Brasil</u>: Gylmar, De Sordi, Bellini, Orlando e Nilton Santos; Zito, Didi, Garrincha, Pelé, Mazzola e Zagallo

Técnico: Vicente Feola

<u>Gales</u>: Kelsey, Williams, Hopkins, Sullivan, Melvyn Charles, Bowen, Medwin, Hewitt, Allchurch, Jones e Webster

Técnico: Jimmy Murphy

<u>Árbitro</u>: Friedrich Seipelt (Áustria)

<u>Gol</u>: Pelé aos 28 minutos do segundo tempo

<u>Público</u>: 25.923

O termo "ferrolho" no futebol remete ao sistema tático de um time que só está preocupado em não sofrer gols: são dez na defesa e um no ataque. A equipe permanece retrancada, dificultando a todo custo o avanço do adversário. A seleção da Suíça dos anos 40 e 50 foi um dos exemplos nesse sentido e acabou estigmatizada como "ferrolho suíço". Na história das Copas, um dos maiores "ferrolhos" foi o País de Gales, em 1958. O time comandado por Jimmy Murphy chegou como azarão e se classificou às quartas de final de forma invicta: três empates e uma vitória diante da Hungria. Murphy era assistente técnico no Manchester United, da Inglaterra. Para exemplificar ainda mais a importância desse feito, naquela época o País de Gales não tinha campeonato próprio, apenas equipes amadoras. Os jogadores na liga local galesa só treinavam na véspera das partidas. Para enfrentar o Brasil, a seleção de Gales estava desfalcada do meia-atacante John Charles, contundido. O jogador, considerado um dos melhores do país, atuava pela Juventus, da Itália.

A seleção brasileira entra em campo em Gotemburgo para enfrentar o País de Gales (*Última Hora*/Arquivo Público do Estado de São Paulo)

O técnico Vicente Feola queria manter o mesmo time que derrotou os soviéticos, mas Vavá ainda não estava recuperado do corte na canela e foi substituído por Mazzola. Enquanto isso, a vitória contra a URSS ainda repercutia na imprensa. Antes do duelo contra Gales, pelas quartas de final, os russos fizeram uma visita à concentração do Brasil. "*Antes de seguirem para Estocolmo, os soviéticos visitaram os brasileiros em Hindas – Paulo Machado de Carvalho recebeu uma valiosa jarra e perfumes russos — rosetas para os craques — confiantes os vermelhos em chegar à final"*, dizia reportagem de *O Globo*. De acordo com Djalma Santos, Garrincha estranhou os visitantes e nem percebeu que eram os grandalhões soviéticos que ele tinha "destruído" na partida. Apesar da confiança, os "vermelhos" foram eliminados pela Suécia naquela fase da Copa.

Quinta-feira, 19 de junho de 1958: a seleção brasileira entrou em campo mais uma vez no Estádio Nya Ullevi, em Gotemburgo, sonhando em chegar às semifinais. Antes, porém, precisava passar por um dos adversários mais traiçoeiros da campanha vitoriosa. Um dos objetivos de Gales era tentar fazer algo quase impossível: anular Garrincha. O ponta brasileiro foi marcado de forma implacável por Hopkins, Bowen e Melvyn Charles. Eram atletas altos e com muita força física. O peso de um jogo eliminatório também mexia com os nervos da seleção brasileira. Em caso de empate, haveria uma prorrogação de 30 minutos. Se o placar continuasse igual, uma nova partida seria realizada no domingo seguinte.

De acordo com o relato da *Manchete Esportiva*, os adversários começaram se arriscando no ataque, mas, aos 20 minutos do primeiro tempo, os comandados de Feola já dominavam o duelo: era ataque contra defesa. Pelé estava mais solto do que na partida anterior e tentava se movimentar para escapar da marcação. Aos 22, o goleiro Kelsey fez uma defesa milagrosa em uma jogada do jovem camisa 10.

Com Garrincha marcado pela direita, a seleção insistia com Zagallo e Nilton Santos pela esquerda. Aliás, era o quinquagésimo jogo do lateral esquerdo com a camisa brasileira. Mazzola, que retornava à equipe por causa da ausência de Vavá, não levava perigo ao gol adversário. Já Didi se destacava e, em noite inspirada, ajudava os companheiros na movimentação. O primeiro tempo terminou sem gols e Feola pediu para Nilton Santos apoiar ainda mais o ataque.

A seleção voltou com força total para o segundo tempo, mas o gol não saia e a torcida começava a ficar preocupada. O Brasil perdeu boas chances a partir de cobranças de escanteio. O goleiro do País de Gales defendeu todas, até o lance fatal da partida.

Aos 25 minutos, Didi recuperou a bola para o Brasil na entrada da área adversária e tocou para Pelé. O camisa 10 estava de costas para a meta de Gales, mas com a genialidade que só ele tem, conseguiu raciocinar e agir rápido. Ao se virar para o gol, o futuro Rei deu um "lençol" no marcador e chutou "mascado". A bola foi entrando rasteira no canto direito de Kelsey. O goleiro nem se mexeu, ficou em pé, atônito, no centro da pequena área, assistindo impassível a pelota entrar mansamente: 1 a 0.

O "ferrolho" desmoronava.

Mazzola tenta ataque contra Gales
(*Última Hora*/Arquivo Público do Estado de São Paulo)

O goleiro de Gales só olhou a bola entrar, após o chute de Pelé
(*Fundo Correio da Manhã*/Acervo Arquivo Nacional)

Pelé saiu em disparada para dentro do gol e foi buscar a bola no fundo das redes, no momento em que os seus companheiros correram atrás dele para comemorar. A imagem é uma das mais emblemáticas daquele duro duelo: quatro jogadores abraçados e enrolados à rede. Os fotógrafos aproximaram-se para garantir o melhor ângulo da comemoração. *"O ferrolho foi furado pelo lençol de Pelé"*, exaltava reportagem da *Manchete Esportiva*. Era o primeiro dos doze gols de Pelé nos quatro mundiais disputados por ele (58, 62, 66 e 70).

Jogadores brasileiros comemoram o gol salvador de Pelé
(*Última Hora*/Arquivo Público do Estado de São Paulo)

Na autobiografia, o atleta do século XX classifica aquele tento como inesquecível: *"(...) no plano pessoal, considero o jogo contra o País de Gales o mais importante da competição para mim. Sabia que, se perdêssemos, seríamos eliminados. E aquele gol foi, quem sabe, o mais inesquecível da minha carreira. Fez minha autoconfiança disparar de vez. O mundo agora sabia quem era Pelé. Ninguém me segurava mais (...)"*. E não seguraria mesmo: as atuações de Pelé nos próximos jogos, na semifinal e na final, foram inesquecíveis, com cinco gols marcados nos dois duelos. No primeiro tempo do jogo contra Gales, Pelé tinha perdido um gol feito, mas, na etapa decisiva, ele sabia que não poderia errar: *"Na hora que me livrei do beque, sabia que tinha o gol à minha disposição. Caprichei para não perder pela segunda vez"*. O garoto era elogiado pela imprensa internacional: *"O catedrático Edson Arantes (Pelé) do Nascimento resolveu a situação com um problema que a frieza britânica não havia estudado."*[20]

Pelé travou uma batalha pessoal com o goleiro de Gales
(*Última Hora*/Arquivo Público do Estado de São Paulo)

Foram 66 minutos de muita angústia. O jornal *O Globo* dizia: *"Todo mundo ficou em suspense esperando o tento da vitória"*. A imprensa destacava que foi a partida mais difícil até então e que o Brasil prendeu muito a bola: *"Vicente Feola já sabia que o jogo iria ser duro: 'Considero um completo ingênuo quem pensar em facilidades durante uma Taça do Mundo'"*. O treinador detalhou: *"Para mim foi o jogo mais difícil até agora. Pior que o jogo com os ingleses, pior que o jogo com os russos. A técnica futebolística*

---

20. Gabriel Hanot, jornal francês *L'Équipe*.

inglesa é algo que os brasileiros ainda não conseguiram apreender. Daí a dificuldade de desfechar o 'tiro de misericórdia'. O 'onze' de Gales é muito bom, aparecendo a defesa como ponto alto. O goleiro Kelsey é um verdadeiro mestre. Não pensamos, porém, dormir sobre os louros. Amanhã haverá treino com os jogadores que não atuaram hoje."

Didi considerava que teve a melhor atuação de sua vida e Zito também apresentou um desempenho espetacular. Por outro lado, Zagallo reclamou da violência dos adversários: foram 32 faltas cometidas contra 16 do Brasil, segundo a *Manchete Esportiva*. A revista ponderava: *"Antes 1 x 0 do que nada"*. Um outro lance do segundo tempo merece ser mencionado: Mazzola, dentro da área, marcou um gol de bicicleta. Uma pintura! No entanto, sem qualquer motivo aparente, o árbitro anulou o lance: ninguém estava impedido e não houve jogo perigoso.

Depois do apito final do juiz austríaco, veio o alívio pela classificação para as semifinais. Os atletas brasileiros deram a volta no gramado com a bandeira da Suécia: era a despedida dos artistas da bola de Gotemburgo. O gesto simpático imortalizou aquele momento e colocou a seleção canarinho em um lugar cativo no coração da torcida local.

Nelson Rodrigues escolheu Pelé, claro, como personagem da semana: *"(...) E veio Pelé e fez o milagre. Podia ter enchido o pé. Mas foi genialmente sóbrio. Apenas colocou. E o arqueiro do País de Gales, que estava apanhando tudo, até pensamento, foi miseravelmente enganado. E ficou falando sozinho. (...) E o bonito é que esse menino não se abala, nem se entrega. Possui a sanidade mental de um Garrincha. Ao contrário do brasileiro em geral, suscetível de se apavorar em face dos títulos do inimigo, ele não acredita em nada. Ninguém é melhor do que ele (...)."*

Nos demais jogos daquele dia 19 de junho de 1958, a França garantiu vaga na semifinal ao golear a Irlanda do Norte por 4 a 0, em Norrköping. Fontaine balançou as redes adversárias duas vezes. Wisnieski e Piantoni também marcaram.

Em Malmö, Alemanha e Iugoslávia repetiram o duelo pelas quartas de final da Copa anterior, também com vitória alemã. Rahn garantiu o resultado com gol marcado aos 12 minutos do primeiro tempo: 1 a 0.

A Suécia, dona da casa, eliminou o "fantasma" da URSS, em Estocolmo: 2 a 0. Após um primeiro tempo equilibrado, os gols foram marcados por Hamrin e Simonsson na etapa final.

Os confrontos das semifinais, marcados para o dia 24 de junho, ficaram assim: Brasil x França e Alemanha x Suécia.

O médico Hilton Gosling teria muito trabalho até o duelo contra os franceses. Orlando, Zito, Garrincha e Nilton Santos estavam com algum tipo de contusão, consequência do duro jogo contra os galeses. O retorno de Vavá à equipe estava confirmado pela imprensa: "*Sai Mazzola, volta Vavá.*"

A seleção brasileira deixou Gotemburgo e viajou para Estocolmo, palco do duelo semifinal. Para a imprensa esportiva, o confronto entre o melhor ataque e a defesa menos vazada da competição poderia ser considerado uma final antecipada.

A sorte estava lançada.

Manchetes dos Jornais (Brasil 1 x 0 Gales)

<u>Gazeta Esportiva</u>: "Irresistível, o Brasil! Ganhamos, minha gente!"

<u>Jornal dos Sports</u>: "Arrancada fulminante"

<u>O Globo</u>: "Todo mundo ficou em 'suspense' esperando o tento da vitória"

<u>Estado de S. Paulo</u>: "Vencendo o País de Gales, o Brasil passou às semifinais do campeonato"

<u>Jornal do Brasil</u>: "Pelé classificou o Brasil: 1 x 0"

> *"A França perdeu para o time de um garoto que não tinha idade para ver os filmes de Brigitte Bardot."*
>
> (Jornais franceses destacam a atuação de Pelé)

O goleiro francês solta a bola nos pés de Pelé
(*Fundo Correio da Manhã*/Acervo Arquivo Nacional)

8

Aplausos de Brigitte Bardot
Brasil 5 x 2 França

BRASIL 5 × 2 FRANÇA – Estocolmo (Solna) – 24.06.58

<u>Brasil</u>: Gylmar, De Sordi, Bellini, Orlando e Nilton Santos; Zito, Didi, Garrincha, Vavá, Pelé e Zagallo

Técnico: Vicente Feola

<u>França</u>: Abbes, Kaelbel, Jonquet, Lerond, Penverne, Marcel, Wisniewski, Just Fontaine, Kopa, Piantoni e Vicent

Técnico: Albert Batteux

<u>Árbitro</u>: Benjamin Griffiths (País de Gales)

<u>Gols</u>: Vavá (2), Fontaine (9) e Didi (39) no primeiro tempo; Pelé (aos 8, 19 e 31) e Piantoni (38) na etapa final

<u>Público</u>: 27.100

Uma partida pode entrar para a história do futebol por inúmeras razões: um belo gol, uma jogada inesquecível, uma goleada implacável, a reação de um determinado atleta ou até por um erro grave de um árbitro. O duelo entre Brasil e França pelas semifinais da Copa de 1958 teve todos esses fatores e muito mais: garantiu pela primeira vez que uma seleção sul-americana chegasse à final de um mundial disputado na Europa. Em 28 anos de história das Copas, isso ainda não havia acontecido.

Um longo tabu estava prestes a ser quebrado.

Bellini nos cumprimentos antes da partida
(*Última Hora*/Arquivo Público do Estado de São Paulo)

Apesar do respeito pelas seleções da Alemanha, então campeã, e da Suécia, dona da casa, os cronistas apostavam que o futuro vencedor da Copa provavelmente sairia daquele duelo em Estocolmo. A França contava com o melhor ataque, com 15 gols, mas pecava na defesa. Enquanto isso, o Brasil não tinha sofrido nenhum gol até aquele momento e balançou as redes adversárias seis vezes.

Prenúncio de fortes emoções.

Era o futebol caboclo contra o futebol gaulês, na visão da *Gazeta Esportiva Ilustrada*.

A importância do duelo fez a imprensa mundial questionar o estado psicológico dos jogadores brasileiros. Será que o nervosismo iria interferir no desempenho dos atletas? Os brasileiros temiam os franceses? Essas perguntas seriam respondidas naquela terça-feira, 24 de junho de 1958, dia de São João, no Brasil.

Os jornais diziam que Vavá e Didi eram "*a chave*" para a vitória brasileira e, felizmente, estavam cobertos de razão. A imprensa europeia enaltecia a equipe francesa. Apesar do artilheiro ser Just Fontaine, o meia ofensivo Raymond Kopa, chamado de "Napoleão do futebol", aparecia como "vedete" do selecionado de Albert Batteux. No entanto, uma enquete citada pela revista *Manchete* mostrava quem era o favorito: "*O Brasil é o favorito do Ibope na Suécia: 49%*". As opiniões tinham sido colhidas apenas com torcedores suecos.

Embora a partida estivesse marcada para Estocolmo, que também receberia a final da Copa, a seleção brasileira não deixou de vez a concentração em Hindas, apesar da distância de mais de 400 km entre as duas localidades. Naquela noite, depois da vitória contra os franceses, a delegação retornou de trem para o povoado. Paulo Machado de Carvalho achava que o "isolamento" pouparia os atletas da euforia generalizada e, principalmente, do clima de "já ganhou". O técnico Vicente Feola confirmou o retorno de Vavá, depois da ausência dele no duelo contra Gales.

Pouco antes das 19h no horário local, as duas seleções entraram no gramado para o delírio dos fãs de futebol. Dezenas de fotógrafos queriam registrar as melhores imagens dos craques e, naturalmente, o centro das atenções eram as duas figuras que fascinaram a torcida europeia: Garrincha e Pelé. A revista *O Cruzeiro* dizia que aproximadamente cinco mil franceses presentes ao estádio acompanharam a "Marselhesa", o hino do país, a plenos pulmões.

A tensão estava no ar.

O esquadrão brasileiro que enfrentou a França
(*Fundo Correio da Manhã*/Acervo Arquivo Nacional)[21]

O árbitro Benjamin Griffiths autorizou o início do encontro e os brasileiros começaram a partida imprimindo um ritmo forte, trocando muitos passes e concentrando as jogadas pela direita, com Garrincha. Por ser uma equipe ofensiva, a França dava espaços e o goleiro Abbes foi buscar a primeira bola no fundo das redes logo aos dois minutos. A zaga francesa saiu jogando errado e, depois de um bate e rebate, Zito tocou para Vavá, que matou no peito e "fuzilou" Abbes, com um chute potente de pé direito, dentro da área: 1 a 0. Era o terceiro gol do camisa 20 no mundial e o centésimo na Copa de 1958.

A França já tinha atacado uma vez com perigo quando, aos 8 minutos, um lance deixou a torcida brasileira apreensiva: Fontaine recebeu um passe rasteiro na altura da marca do pênalti. Gylmar se jogou nos pés do adversário, mas foi driblado pelo artilheiro francês que empatou a partida. Depois de quatro jogos, foi quebrada a invencibilidade da defesa nacional.

A equipe de Feola, porém, não se intimidou e continuou no ataque: Zagallo chutou de fora da área, a bola bateu no travessão, quicou dentro da meta, mas voltou a campo. De forma claramente equivocada, o árbitro mandou o lance seguir e não anotou gol. A partida permaneceu equilibrada com as duas seleções perdendo boas oportunidades, com

---

21. Da esquerda para direita: De Sordi, Didi, Pelé, Zagallo, Garrincha, Zito, Vavá, Orlando, Nilton Santos, Gylmar e Bellini.

destaque para Pelé, que tentava o gol em lances individuais. Ainda no primeiro tempo, Vavá e Jonquet entraram em uma dividida e o capitão adversário levou a pior ao sofrer uma fratura no perônio. O zagueiro teve de abandonar o duelo, deixando a França com dez homens. Vale lembrar que a FIFA ainda não permitia substituições ao longo das partidas.

Vavá abre o placar contra a França
(*Fundo Correio da Manhã*/Acervo Arquivo Nacional)

O massagista Mário Américo atende Vavá
(*Fundo Correio da Manhã*/Acervo Arquivo Nacional)

Já Didi mostrou naquele duelo porque seria escolhido o melhor jogador da Copa. Aos 39 minutos, o "príncipe etíope" chutou da intermediária francesa ao estilo "folha-seca" e a bola entrou no ângulo esquerdo: um golaço! O lance foi assim descrito pela *Manchete*: "*Sua trajetória descreve meia parábola, iludindo completamente os goleiros menos desavisados*". A revista *O Cruzeiro* citava que o traiçoeiro chute deixou o goleiro Abbes atordoado: "*A bola, branca, descreveu uma trajetória zarolha, serpenteada e, em zigue-zague, foi entrar no ângulo esquerdo da trave, como um raio. O lance do gol se completou com uma cena cômica em que o goleiro Abbes, por obra do chute inédito, foi parar do lado de fora da rede, encolhido, assustado, irremediavelmente vencido*". O gol foi chamado de "*monstruoso*" pelo narrador Edson Leite, da Rádio Bandeirantes. O jornalista Luiz Mendes recordava-se ter sido ele o responsável por apelidar os chutes de Didi de "folha-seca": "*Ninguém sabe onde a folha-seca de uma árvore vai cair*".[22] O chute de Didi era uma arma mortal para enganar os goleiros. Aos 44 minutos, o árbitro anulou um gol de Garrincha, o que gerou muitas reclamações. Fim da primeira etapa: o placar de 2 a 1 deu tranquilidade à equipe nacional.

O segundo tempo teve um nome: Pelé. A atuação dele fez um jornal francês o chamar, pela primeira vez, de Rei. Foram três gols impiedosos. Aos 8 minutos, Zagallo cruzou rasteiro da esquerda. Apesar do bandeirinha ter sinalizado impedimento, o árbitro mandou o lance prosseguir. O goleiro Abbes soltou a bola nos pés de Pelé que só tocou para o fundo das redes: 3 a 1. Enquanto isso, Gylmar dos Santos Neves fazia boas defesas e dava segurança aos companheiros. Meio acanhado no primeiro tempo, Garrincha deixava a defesa francesa em pânico para delírio dos torcedores no Estádio Rasunda. O relógio marcava 19 minutos quando Mané tocou da direita, Pelé disputou a bola com a zaga, Vavá não conseguiu pegar a sobra, mas Pelé insistiu e chutou no canto direito de Abbes: 4 a 1. Goleada!

Aos 31 minutos, Didi deu um passe magistral para Pelé, que estava na altura da meia-lua da área adversária. O camisa 10 dominou, nem

---

22. Depoimento ao documentário "1958: o ano em que o mundo descobriu o Brasil", 2008 (dir. José Carlos Asbeg).

deixou a bola pingar no gramado, e fuzilou, de novo, o goleiro Abbes. A melhor defesa da Copa mostrava que tinha um ataque poderoso: 5 a 1. A França ainda conseguiu diminuir o placar aos 38 minutos: Piantoni passou a bola entre as pernas de Zito e chutou de fora da área, no canto esquerdo de Gylmar.

O placar elástico de 5 a 2 mostrou ao mundo que os brasileiros estavam na Copa para brigar pelo título inédito e a exibição de gala coroou o imprevisível futebol arte apresentado pelo escrete canarinho.

A revista *Manchete Esportiva* trazia em letras garrafais: "*Derrubada por cinco gols a máscara francesa. (...) Iríamos a sete se o juiz deixasse*". A publicação cita três bolas na trave, dois gols anulados e outro legítimo que entrou, mas o árbitro não assinalou.

Didi foi exaltado pela imprensa. O francês *L'Équipe* apontava: "*Didi é, ao mesmo tempo, artista, malabarista e jogador de futebol. Um passe seu de cinquenta metros equivale a meio gol. E quando chuta, suas bolas fazem como o mundo. Giram, giram, giram. E traçam irremediavelmente uma parábola fatídica para o melhor dos arqueiros...*"

Anos depois, o astro francês Just Fontaine ainda se recordava da partida com espanto: "*Eles eram infernais. Ninguém os conteria. Se você marcasse o Pelé, Garrincha escapava e vice-versa. Se você marcasse os dois, o Vavá entraria e faria o gol. Eles eram endemoniados.*"

Os jornais europeus também assinalavam, de maneira um tanto quanto perspicaz, que a seleção da França havia perdido para o time de um garoto que ainda não tinha idade para ver filmes da atriz Brigitte Bardot.

Pura verdade.

As publicações brasileiras traziam fotos da vitória na semifinal e da torcida em êxtase nas ruas de São Paulo e do Rio de Janeiro. Foi uma prévia da festa de cinco dias depois. A *Manchete Esportiva* exaltava: "*Vitória do Brasil por 5 a 2, numa afirmação grandiloquente de uma superioridade absoluta e numa demonstração de que o time nacional está produzindo como máquina, com todas as suas peças perfeitamente ajustadas*". Outras manchetes: "*Blitz do Brasil arrasa a França*" e "*O menor Pelé foi uma das maiores figuras do Brasil.*"

A arbitragem, de fato, foi o ponto negativo da partida. Em uma crônica escrita em 1966, Nelson Rodrigues se recordou dos erros grosseiros cometidos naquela data: "(...) *No jogo Brasil x França, o árbitro comportou-se como um larápio. Não houve, em toda a história da Copa, um roubo mais cristalino e cínico. Tivemos que fazer três gols para que valesse um. E o escrete brasileiro nem piscou. Deixou-se furtar e só faltou beijar a testa do ladrão (...).*"

Por falar na equipe de arbitragem, um fato engraçado. Garrincha afirmou, após a partida, que um dos bandeiras que atuaram na partida se parecia com Carlito Rocha, dirigente histórico do Botafogo.

O jogo contra a França mostrou que o técnico Vicente Feola corrigiu erros e melhorou o posicionamento dos atletas para o segundo tempo. Bellini passou a dificultar mais a vida de Fontaine e Didi não deu vida fácil a Kopa. Zito também teve um desempenho melhor na etapa final.

Depois da vitória, a delegação brasileira pegou um trem com leitos especiais e voltou para a tranquilidade de Hindas. Paulo Machado de Carvalho tentaria de tudo para evitar o clima de "já ganhou". Mas, muitos jogadores, ansiosos, mal dormiram durante a viagem.

Jogadores brasileiros comemoram a classificação para a final
(*Última Hora*/Arquivo Público do Estado de São Paulo)

Manchetes dos Jornais (Brasil 5 x 2 França)

<u>Gazeta Esportiva</u>: "Lá se foi a 'douce france'! (...) Você que não acreditava: acredite agora! Brasil finalista!"

<u>Jornal dos Sports</u>: "Irresistível o 'onze' do Brasil"

<u>Folha da Noite</u>: "Encontrou seu melhor jogo na segunda fase, o Brasil"

<u>O Globo</u>: "Festa na cidade com os 5 'goals' contra a França"

<u>Estado de S. Paulo</u>: "Preço da vitória: Vavá e Bellini contundidos"

<u>Jornal do Brasil</u>: "O Brasil classificou-se para a final derrotando a França por 5 a 2"

Na outra semifinal, em Gotemburgo, a Suécia conseguiu uma façanha: derrotar os campeões do mundo por 3 a 1 e garantir vaga inédita em uma final de Copa. Shafer marcou para a Alemanha, mas os donos da casa viraram a partida. Skoglund, Gren e Hamrin venceram o goleiro Herkenrath. O filme da FIFA mostra torcedores da Suécia, que estavam assistindo a Brasil e França no estádio Rasunda, em Estocolmo, com o rádio no ouvido, acompanhando atentamente a transmissão da outra semifinal. Aquela noite foi de muita festa dos torcedores suecos. Não era para menos.

O técnico Vicente Feola deu declarações aos jornais dizendo que preferia jogar com os alemães, por não serem os anfitriões.

Seja como for, o mundo iria conhecer um campeão inédito: Brasil ou Suécia. Era o primeiro duelo entre um europeu e um sul-americano em uma decisão.

Os últimos dias de preparação para a finalíssima de 29 de junho

Os jogadores chegaram a Hindas na madrugada de quarta-feira e aquele dia seria de folga. Paulo Machado de Carvalho não queria badalação ou qualquer clima de que o jogo de domingo já estaria ganho.

Os atletas voltaram aos treinos na manhã de 26 de junho e o técnico Feola poupou Orlando, Didi, Nilton Santos e De Sordi. Aliás, o lateral direito, contundido, não teve condições de entrar em campo contra a Suécia e foi substituído por Djalma Santos. Os atletas treinaram até meio-dia e foram dispensados. Na sexta, o cronograma se repetiu.

Uma das histórias mais lembradas envolvendo Paulo Machado de Carvalho se deu naqueles dias de treino e de descanso que antecederam a final da Copa contra a Suécia. Como as duas seleções usavam camisa amarela, o dirigente esperava que os os donos da casa fossem cordiais e abrissem mão do uniforme principal, mas não foi o que aconteceu. Houve a necessidade de um sorteio. O Brasil perdeu e teria de entrar em campo com uniforme reserva. Mas qual? Paulo Machado de Carvalho descartou a possibilidade de voltar a usar a cor branca, que ficou marcada pela derrota em 1950. Nem pensar! A ideia foi encomendar às pressas um conjunto de camisas azuis à uma loja de roupas.[23] Os emblemas da CBD, com a cruz de malta, e os números (na cor amarela) foram costurados à mão pelo roupeiro Assis e pelo massagista Mário Américo. Os calções seriam da cor branca.

Mas como dar a notícia da perda do sorteio aos jogadores? Aí veio a intuição de Paulo Machado de Carvalho na hora de comunicar os atletas. Com raro senso de oportunidade e uma astúcia ímpar, deu a notícia à equipe da seguinte forma: "*Vamos jogar de azul, a cor do manto de Nossa Senhora Aparecida. Nossa Senhora está conosco na final da Copa*". Foi uma comemoração só. Aquele ato perspicaz se tornou um grande golpe psicológico para deixar a seleção ainda mais confiante.

A informação de que o Brasil tinha perdido o sorteio está em destaque na *Gazeta Esportiva*, edição de 27 de junho: "*A troca de cor das camisas dos brasileiros, que criou um problema, foi motivado pelo fato de que as usadas pelos suecos são da mesma cor. O problema foi resolvido mediante um sorteio que foi ganho pelos suecos sendo, portanto, os suecos que vestirão*

---

23. Inúmeras fontes indicam que essa loja ficava em Estocolmo. No entanto, é mais provável que as camisas tenham sido compradas em Gotemburgo, pois, quando o resultado do sorteio foi divulgado, a seleção estava na concentração em Hindas. A delegação só viajou para a capital da Suécia na véspera da final e no período da tarde.

as camisas amarelas no próximo domingo. Os brasileiros jogarão com camisas azuis". A reportagem prossegue: *"O assunto das camisas teve algum efeito cabalístico especialmente entre os jornalistas brasileiros que acompanham a equipe, mas parece não ter molestado muito os jogadores que participaram esta manhã com grande alegria [do treino], terminando entre risadas e ditos jocosos."*

Mário Américo (à direita) e Zagallo
(*Fundo Correio da Manhã*/Acervo Arquivo Nacional)

O chefe da delegação brasileira, no entanto, afastava qualquer pessimismo e não dava abertura a superstições: *"O dr. Paulo Machado de Carvalho, (...) que passou esta manhã respondendo a centenas de telegramas recebidos do Brasil, declarou que 'iremos para a final confiantes de que defende-*

remos com honra a bandeira brasileira. Não iremos cantar vitórias senão depois da partida, mas posso assegurar que temos grande esperança de voltar ao Brasil com o título de campeões mundiais'."

Por outro lado, *O Globo,* de 26 de junho de 1958, informava sobre o sorteio, mas dizia que a seleção jogaria de branco. Àquela altura, possivelmente, ainda não havia a definição sobre a cor do uniforme a ser utilizado pela seleção na grande final: "*O sorteio realizado ontem para a indicação do quadro que deverá mudar o uniforme para o jogo final de domingo favoreceu a equipe da Suécia. A tarefa de tirar a sorte coube a uma gentil senhorinha sueca, pertencente às Forças Auxiliares. Assim sendo, não veremos a seleção brasileira, na decisão do título, vestindo seu uniforme oficial e sim camisa branca.*"

Em relação ao uniforme sueco, o emblema usado na camisa ainda não era o da Federação de Futebol do país, mas sim o da bandeira nacional estampada à esquerda da camisa: uma cruz nórdica amarela com as pontas estendidas até os cantos, em fundo azul.

Na sexta-feira, após o treino, os jogadores brasileiros foram passear pelas ruas de Gotemburgo e mal conseguiram caminhar por causa do assédio dos torcedores. Castilho, goleiro reserva, suspeitava que os suecos vendiam autógrafos dos atletas, pois um mesmo rapaz pediu a assinatura dele várias vezes durante uma caminhada pelas ruas, inclusive em uma nota de cem coroas.

Outros atletas preferiram ficar na concentração em Hindas, como Garrincha que gostava de ouvir vitrola. Uma das músicas preferidas era "*Amélia*", de Ataulfo Alves. Ao saber que o jogo contra a Suécia seria o último da Copa, Garrincha involuntariamente revelava toda a simplicidade que sempre marcou a sua personalidade, ao não esconder a surpresa sobre o iminente fim da jornada brasileira em terras europeias. Para surpresa de alguns (pelo menos daqueles que não o conheciam bem), o ponta-direita afirmou que o campeonato era muito curto!

Sábado, 28 de junho de 1958: a equipe brasileira se despediu do Tourist Hotel, em Hindas. Foi uma comoção generalizada entre os funcionários que se afeiçoaram à delegação brasileira. O trem partiu às 14h rumo a Estocolmo com chegada prevista para às 18h. Os jogadores desembarcaram sob forte chuva. A delegação se hospedou no Hotel Domus. A ansiedade aumentava!

Os suecos tinham muito respeito e admiração pelo futebol brasileiro. Se o duelo terminasse empatado, no tempo normal e na prorrogação, estava prevista uma partida de desempate no dia primeiro de julho.

As seleções de Brasil e Suécia já tinham se enfrentado duas vezes em Copas do Mundo: em 1938, na França, na decisão do terceiro lugar, a equipe nacional derrotou os europeus por 4 a 2, com um *show* de Leônidas da Silva. Já em 1950, os brasileiros arrasaram os suecos por 7 a 1, no Maracanã.

> # O Jôgo "Brasil-Suécia" Será Irradiado no Hipódromo da Gávea
>
> A Rádio Continental, devidamente autorizada pelo Jockey Club Brasileiro, irradiará para tôdas as arquibancadas do Hipódromo da Gávea, amanhã, domingo, o jôgo
>
> **BRASIL x SUÉCIA**

Chamada publicada nos jornais
(acervo pessoal do autor)

Antes da final, os jornais destacaram que o pai de Garrincha e as noivas de Vavá e de Didi estiveram com o presidente Juscelino Kubitschek nas Laranjeiras, no Rio de Janeiro. Amaro Francisco dos Santos, pai do "gênio das pernas tortas", ressaltou: "*Seu presidente, meu Mané faz o que pode*", conforme registro de *O Globo*.

Ainda em 28 de junho de 1958, na disputa pelo terceiro lugar, em Gotemburgo, o mundo assistiu a um dos jogos mais sensacionais da história das Copas: França 6 x 3 Alemanha. Just Fontaine marcou quatro gols e confirmou a artilharia da Copa com 13 tentos. O técnico alemão,

Sepp Herberger, campeão do mundo em 1954, afirmou que, mesmo se contasse com as principais estrelas do país, já que a equipe jogava desfalcada, seria impossível deter o poderoso ataque da França. A Federação da Alemanha acusou o árbitro Juan Brozzi, da Argentina, de prejudicar o time. Depois da Copa, o juiz veio trabalhar no Brasil.

A torcida brasileira já se planejava. Onde ouvir o jogo entre Brasil e Suécia? O Hipódromo da Gávea era uma alternativa: estão todos convidados!

"O ombro está aqui. Pode chorar!"
(Gylmar dos Santos Neves ao amparar Pelé)

Os campeões perfilados depois da conquista: no detalhe, o choro de Gylmar

9

O mundo é azul
Brasil 5 x 2 Suécia

BRASIL 5 × 2 SUÉCIA – Estocolmo (Solna) – 29.06.58

<u>Brasil</u>: Gylmar, Djalma Santos, Bellini, Orlando e Nilton Santos; Zito, Didi, Garrincha, Vavá, Pelé e Zagallo

Técnico: Vicente Feola

<u>Suécia</u>: Svensson, Bergmark, Axbom, Liedholm, Gustavsson, Parling, Hamrin, Gunnar Gren, Simonsson, Skoglund e Borjesson

Técnico: George Raynor

<u>Árbitro</u>: Maurice Guigue (França)

<u>Auxiliares</u>: Albert Dusch (Alemanha) e Juan Gardeazabal (Espanha).

<u>Gols</u>: Liedholm (4) e Vavá (aos 9 e aos 32) no primeiro tempo. Pelé (10), Zagallo (23), Simonsson (35) e Pelé (45) na etapa final

<u>Público</u>: 49.737

Dia de São Pedro: 29 de junho de 1958, um domingo de festa e, ao mesmo tempo, de grande expectativa para a torcida brasileira. Depois de muitas frustrações esportivas, finalmente o futebol nacional poderia chegar ao topo do mundo. Na Suécia, o jogo estava marcado para as 15h; 11h no Brasil. As emissoras de rádio deram início à transmissão cerca de uma hora antes. No Rio de Janeiro, pessoas foram para as praias, mas sem se esquecer do radinho de pilha para ouvir o duelo histórico e decisivo da VI Copa do Mundo. As praças receberam milhares de torcedores e, no Hipódromo da Gávea, como vimos anteriormente, o som da transmissão de rádio seria replicado pelos alto-falantes instalados no local. Quem passasse em frente às bancas de jornais iria se deparar com manchetes otimistas: *"Do homem da rua ao ministro de estado, não há quem duvide da vitória"*, *"Sessenta milhões de brasileiros com um único pensamento: vitória!"*, *"Lutaremos hoje pelo título"* e *"Força, minha gente!"*

Policiais ajudam retirar água do gramado
(*Fundo Correio da Manhã*/Acervo Arquivo Nacional)

Por sua vez, a imprensa sueca fazia pressão psicológica. Um jornal local estampou a foto do gol do uruguaio Ghiggia, em 1950, com a seguinte frase: "*Os jogadores brasileiros estão sob o peso de um temor de três faces: medo da chuva, do vice-campeonato e medo de perder a cabeça*". Em Solna, Estocolmo, o tempo estava chuvoso desde sábado, véspera da finalíssima. O campo molhado preocupava a comissão técnica: o toque de bola do Brasil ficaria prejudicado? O estádio tinha sido construído no local de uma lagoa, o que favorecia as poças d'água. Felizmente, integrantes da Federação Sueca cobriram o gramado com lonas que só foram retiradas momentos antes do duelo. Os funcionários do estádio, com a ajuda de policiais, utilizaram espumas para remover o excesso de água, jogada em baldes. São Pedro também "colaborou", pois não choveu durante o jogo. Já o clima dentro do ônibus da seleção brasileira era excelente. Os jogadores cantavam marchinhas de carnaval, como "*Mamãe eu quero*".[24]

Os atletas suecos, depois da vitória sobre a Alemanha, em Gotemburgo, foram de trem para Estocolmo. A viagem durou seis horas e contou com inúmeras paradas. A cada estação os jogadores eram ovacionados. A delegação ficou concentrada em Lillsved, a cerca de 20 km da capital.

Jogadores e arbitragem perfilados para os hinos nacionais
(*Última Hora*/Arquivo Público do Estado de São Paulo)

---

24. Depoimento de Pelé à ESPN Brasil (2008).

Desde cedo, os torcedores foram para o estádio aguardar a abertura dos portões. Apesar da propalada boa organização europeia, faltou ingresso e muitos bilhetes estavam nas mãos de cambistas. "*Até convites da tribuna de honra e da tribuna da imprensa foram colocados à venda em anúncios nos jornais*", informava O Globo. Cerca de 300 brasileiros estavam no estádio.

Os capitães Bellini e Liedholm se cumprimentam
(*Última Hora*/Arquivo Público do Estado de São Paulo)

Com a presença do rei Gustavo Adolfo, as duas equipes entraram no gramado e foram aplaudidas pelos torcedores: era o confronto da melhor geração do futebol sueco diante do respeitado escrete brasileiro. Feola não pôde mesmo contar com o lateral De Sordi que, apesar de poupado no último treino, não se recuperou de uma contusão e teve de ser substituído por Djalma Santos. A mudança só foi anunciada praticamente instantes antes do jogo para não criar alarde na imprensa. O substituto, que fez história no Palmeiras, mas que ainda pertencia à Portuguesa, atuou apenas na final e, mesmo assim, foi considerado um dos melhores laterais da Copa.

Depois de oito anos, a FIFA não escolheu um inglês para apitar o jogo final da Copa, preferiu o francês Maurice Guigue, elogiado pela comissão disciplinar da entidade. Ele foi auxiliado por Albert Dusch, da Alemanha, e Juan Gardeazabal, da Espanha. No horário marcado, o árbitro autorizou o início da partida, dando fim à ansiedade extrema dos apaixonados por futebol em todo o planeta.

Agora, era tudo ou nada.

Ao contrário do ritmo frenético que impôs aos adversários no início dos últimos jogos, os comandados de Feola começaram a partida um tanto quanto acanhados, estudando o comportamento dos oponentes. Em um ataque da Suécia, Bellini interceptou a jogada com as mãos. Se na época existissem os cartões amarelo e vermelho, o defensor brasileiro certamente teria sido advertido pelo árbitro.

Aos quatro minutos, o capitão sueco, Liedholm, recebeu a bola na meia-lua da área brasileira, driblou Orlando e Bellini, com muita categoria, e chutou rasteiro no canto direito de Gylmar: 1 a 0.

Banho de água fria!

Pela primeira vez naquela Copa, o Brasil estava em desvantagem no marcador. O gol sueco saiu depois de sete passes, a partir do campo de defesa. Os brasileiros pareciam assistir impassíveis ao toque de bola adversário. Zagallo se lembrou imediatamente da derrota para o Uruguai. Em 1950, aos 18 anos de idade, ele trabalhava na segurança do Maracanã, pois servia o Exército. Agora, oito anos depois, o ponta-esquerda estava em campo como um "soldado" da seleção.

Os jogadores brasileiros imediatamente ficaram de cabeça baixa! Seria o "complexo de vira-latas" dando as caras novamente?

Coube ao organizador Didi, calmamente, pegar a bola e se encaminhar ao círculo central para a nova saída de jogo. Era uma forma de tranquilizar os companheiros: "*Senti que o nosso time esfriou e que o sangue parou de correr. Eu estava dando tempo ao tempo*".[25] O andar lento do jogador também era uma forma de esperar passar a euforia da torcida local.

Em artigo na revista *O Cruzeiro*, o jornalista Armando Nogueira recordou aquele momento da mais pura agonia para a equipe nacional: "*Didi pegou a bola depois do um a zero. A Europa achava que os brasileiros não tinham condições psicológicas de enfrentar a desvantagem no placar*". Para o cineasta Luiz Carlos Barreto, Didi fez uma *mise-en-scène*.[26]

O jornalista Luiz Mendes revelava que cansou de ouvir dos estrangeiros que o brasileiro era uma sub-raça e apresentava um comportamento lastimável em momentos decisivos.[27] Na primeira jogada depois do gol, Didi tocou para Garrincha que invadiu a área e chutou forte, mas a bola bateu na rede pelo lado de fora. A seleção tinha acordado! Lá vem o Brasil descendo a ladeira! Seria difícil segurar...

Aos 9 minutos, a genialidade de Mané pela ponta direita prevaleceu sobre o sistema defensivo sueco: ao receber uma bola de Zito, ele driblou o marcador, cruzou e Vavá tocou para o fundo das redes de Svensson. Certamente, um filme passou naquele momento pela cabeça do goleiro. Na Copa de 1950, o Brasil arrasou a Suécia por 7 a 1 e ele estava no gramado do Maracanã. Por outro lado, Axbom, da Suécia, que prometera anular Mané Garrincha, acabou por ser driblado inúmeras vezes durante a partida.

Minutos depois, Pelé chutou de fora da área e a bola caprichosamente bateu na trave direita da Suécia. Que pesadelo para Svensson! A equipe brasileira aumentou o ritmo, continuou desperdiçando boas chances e levando pânico para a defesa adversária. O Brasil passou por um susto, quando Zagallo salvou uma bola em cima da linha do gol de Gylmar, depois do cruzamento de Skoglund.

---

25. Depoimento ao documentário "1958: o ano em que o mundo descobriu o Brasil", 2008 (dir. José Carlos Asbeg).

26. Idem.

27. Idem.

Aos 32 minutos, parecia que o público assistia ao replay do gol brasileiro: Garrincha cruzou rasteiro, Svensson não conseguiu interceptar a bola e Vavá esticou a perna esquerda para estufar as redes: 2 a 1. O centroavante chegou ao quinto gol na Copa e os brasileiros viraram a partida em um momento crucial do jogo.

A confiança estava de volta. A ansiedade agora era inimiga da Suécia e o Brasil se restabelecia como o senhor das ações em campo. Minutos depois, Pelé deu um "lençol" em um adversário, mas chutou mascado, para fora. Na sequência, Gylmar defendeu um tiro de Simonsson.

Fim do primeiro tempo e, embora mínima, o Brasil ia para o vestiário com uma vantagem importante.

No segundo tempo, Garrincha continuou atordoando os defensores. Ele invadiu a área e tentou encobrir o goleiro que mandou a bola a escanteio. O terceiro gol não demorou a sair: aos 10 minutos, o mundo assistiu atônito a uma das jogadas mais antológicas da carreira de Pelé. Nilton Santos fez um levantamento magistral para a área sueca, o garoto matou no peito, deixou a bola quicar uma vez, deu um "chapéu" sensacional em Gustavsson e chutou com o peito do pé direito para as redes de Svensson. A própria torcida sueca não acreditava no que estava vendo e aplaudia de pé o camisa 10. Um gênio de apenas 17 anos era o autor de uma pintura. Pelé recebeu os cumprimentos de todos os companheiros e o placar indicava 3 a 1. Na autobiografia, o Rei detalha: *"(...) É um dos meus favoritos entre todos [os gols] porque eu era muito jovem, mas também porque ninguém tinha visto um gol como aquele antes (...)"*. Na transmissão da Rádio Bandeirantes, o narrador Edson Leite soltou a voz: *"Magistral o gol de Pelé."*

Foi magistral mesmo!

O quarto gol contra a Suécia veio em uma jogada de fôlego de Zagallo aos 23 minutos. O ponta brasileiro cobrou escanteio, a zaga sueca rebateu, Didi chutou, mas a bola desviou no caminho e Zagallo penetrou na área, ganhou a disputa de bola de um adversário e chutou de "bico" na saída do arqueiro. A bola passou por debaixo das pernas do goleiro. O "formiguinha", como era chamado, foi abraçado por Pelé e Garrincha.

Um funcionário do estádio teve de atualizar mais uma vez o placar, que era manual: 4 a 1.

Pelé observa a bola entrar no gol sueco
(*Última Hora*/Arquivo Público do Estado de São Paulo)

O Brasil queria mais: em um contra-ataque, Garrincha foi derrubado dentro da área, mas o árbitro marcou falta fora. Mané não se conformou com o erro do juiz francês. Já a Suécia conseguiu diminuir o placar, aos 35 minutos: Liedholm deu um passe para Simonsson que tocou na saída de Gylmar. A zaga brasileira reclamou com o árbitro de um possível impedimento, mas o lance foi validado. Na sequência, Didi perdeu a chance de ampliar o marcador em uma cobrança de falta, enquanto que o goleiro brasileiro mostrou coragem ao bloquear um chute adversário.

Mas ainda faltava o golpe fatal para sacramentar a goleada: o árbitro conferia o relógio, que indicava 45 minutos do segundo tempo. Pelé tocou de calcanhar para Zagallo. O ponta cruzou, o camisa 10 brasileiro conseguiu dar um toque de cabeça, entre dois adversários, quase na pequena área, e a bola foi entrando lentamente no canto direito de Svensson. Atônito, o goleiro teve de se segurar na trave para não cair. Era o sexto gol do garoto no torneio, artilheiro da seleção. Durante a jogada,

Pelé levou uma cotovelada na barriga, no choque com um zagueiro, perdeu o fôlego e ficou estirado no chão.

O último lance do duelo: Pelé marca de cabeça e fica caído no chão
(*Última Hora*/Arquivo Público do Estado de São Paulo)

Os torcedores acenavam com lenços brancos e começaram a gritar nas arquibancadas: "*samba, samba*". Em sua autobiografia, Pelé rememora o último gol: "*(...) eu subi mais do que dois defensores suecos, consegui cabecear e – como se tudo transcorresse em câmera lenta – observei a bola descrever uma curva e ir morrer no canto da rede (...).*"

Enquanto Garrincha acudia Pelé, ainda estirado no gramado, o árbitro Guigue encerrou o duelo e, finalmente, a torcida pôde comemorar e gritar: Brasil campeão mundial de futebol! O placar de 5 a 2 é, até hoje, o mais elástico em uma decisão de Copa.

Era a realização de um sonho.

Foi a primeira e única vez que um sul-americano conquistou a competição na Europa. Em seis jogos, foram cinco vitórias e um empate. A seleção marcou 16 gols e sofreu apenas quatro.

A festa no gramado em Estocolmo e no Brasil estava apenas começando. Pelé, o mais jovem campeão da história das Copas, chorou de forma efusiva e copiosa nos ombros de Gylmar. Ele, Garrincha e o roupeiro Assis levantaram o menino de 17 anos como se o garoto fosse um troféu. E era! Nilton Santos, apesar de toda experiência esportiva e testemunha dos fracassos do Brasil em 1950 e 1954, também chorava como um menino. Mané Garrincha era só sorriso e comemorava com os companheiros.

O massagista Mário Américo foi cumprimentar o árbitro, que estava com a bola do jogo debaixo do braço. O dentista Mário Trigo aproveitou a distração do juiz e deu um soco na bola, que caiu no chão e saiu rolando no gramado. Mário Américo então a levou correndo para os vestiários. Guigue deu risada! O *"souvenir"* tinha sido uma "encomenda" de Paulo Machado de Carvalho. Depois, o árbitro foi aos vestiários do Brasil cobrar a devolução e lhe entregaram uma outra bola. Não se sabe se ele notou a diferença!

Com muita esportividade, os jogadores suecos cumprimentavam os brasileiros. Os fotógrafos invadiram o gramado atrás de belas imagens da festa. A torcida local aplaudia e reconhecia que o título conquistado pelo Brasil era justíssimo.

O cerimonial montou um palco no gramado para a entrega da *Jules Rimet*. O capitão Hideraldo Luiz Bellini, nascido em Itapira, interior de São Paulo, recebeu a taça das mãos do presidente da FIFA, Arthur Drewry. Pela primeira vez, um jogador ergueu o troféu com as duas mãos sobre a cabeça, gesto que hoje se repete a cada conquista de clube ou seleção. *"Foi o fecho, o encerramento de um trabalho de meses e de uma grande expectativa. Fomos para a Copa sem muita credibilidade, mas lá o time foi se acertando e quando vimos estávamos na final. O momento de receber a taça foi realmente o mais glorioso. Aquilo foi um gesto natural, normal, quando os fotógrafos pediam para mostrar, virar para eles, então eu acabei levando sobre a cabeça, né? Foi um gesto meu, não sei muito explicar, veio na minha cabeça levantar a taça"*[28], relembrou Bellini. Depois que desceu do palanque, o capitão brasileiro foi mostrar o troféu a Paulo Machado de Carvalho.

---

28. Entrevista ao autor (1998).

Os campeões dão a volta olímpica com a bandeira da Suécia
(*Fundo Correio da Manhã*/Acervo Arquivo Nacional)

O rei da Suécia quebrou o protocolo e retornou ao campo de jogo para cumprimentar os campeões, um a um, e, como não conhecia Paulo Machado de Carvalho, passou direto pelo dirigente brasileiro. No entanto, o dentista Mário Trigo, de novo ele, pegou a majestade pelo braço e disparou: "*Come here, King, that is the boss*" (venha cá, rei, esse é o chefe). Além da *Jules Rimet*, que ficaria em poder do Brasil pelos próximos quatro anos, cada atleta recebeu uma medalha alusiva ao título. A conquista também garantiu a participação automática da seleção na Copa de 1962, no Chile.

O rei Gustavo (à esquerda), Mário Trigo (ao centro) e Paulo Machado de Carvalho seguram a *Jules Rimet*
(Acervo Paulo Machado de Carvalho Neto)

Os jogadores deram a volta olímpica com a bandeira da Suécia: anfitriã que valorizou o título tupiniquim. Paulo Machado de Carvalho, emocionado, abraçava os jogadores e teve que se colocar na ponta dos pés para alcançar os ombros de Gylmar dos Santos Neves, que tinha mais de um metro e oitenta de altura. As duas seleções então se perfilaram para que a Banda da Força Aérea de Estocolmo tocasse os hinos nacionais, primeiro o brasileiro e depois o sueco. Durante a execução, coube a Paulo Machado de Carvalho segurar a *Jules Rimet*.

Por causa do futebol e de "embaixadores", como Pelé, Garrincha e Didi, o mundo passou a conhecer o Brasil. No vestiário, os atletas comemoraram com champanhe.

Na saída do estádio, os jogadores brasileiros foram perseguidos por torcedores suecos que queriam autógrafos dos campeões, como relatou *O Globo*: "*Os torcedores suecos conseguiram, depois de muito esforço, iludir os policiais, perseguindo assim os craques campeões até o ônibus que os esperava fora do estádio. (...) No clímax da satisfação e euforia, os jogadores brasileiros Zagallo e Zózimo subiram até a capota do ônibus agitando delirantemente a bandeira brasileira*". A delegação retornou ao hotel, pois a noite seria longa, com jantar, cumprimentos e muito protocolo.

Bellini, Feola e Gylmar
(*Fundo Correio da Manhã*/Acervo Arquivo Nacional)

A primeira parada foi na embaixada brasileira em Estocolmo, em uma homenagem patrocinada pelo chanceler Braga Ribeiro. Depois, a FIFA e os organizadores ofereceram um jantar no Grande Hotel de Estocolmo para as três seleções melhores colocadas na Copa: Brasil, Suécia e França. De acordo com *O Globo*, Vavá foi humildemente pedir um autógrafo ao artilheiro Just Fontaine. No entanto, foram os campeões mundiais que deram o maior número de autógrafos naquela noite inesquecível. Uma orquestra tocou músicas brasileiras. Na autobiografia, Pelé conta que não ficou até o final da festa e foi dormir: *"Foi servido um banquete no hotel naquela noite e houve gente que tomou champagne na Jules Rimet. (...) Mas eu fui para cama (...)."*

Vicente Feola fez um desabafo: *"A missão foi cumprida. Resta-me agradecer àqueles que me apoiaram e, também, a essa imensa torcida brasileira. Por fim, não poderia faltar com uma palavra de carinho aos meus colaboradores, especialmente vinte e dois craques pelo seu espírito de compreensão cem por cento."*

Sempre que perguntado sobre os principais jogadores daquela seleção, Feola, com justiça, enfatizava a importância de Zagallo para a equipe: *"Todo mundo joga igual ao Zagallo, mas não joga como o Zagallo. Porque o Zagallo era um homem que tinha um fôlego terrível. Ele, quando investia, ia até lá na frente. E ele voltava com uma rapidez impressionante. E ele é um homem que via o campo todo"*.[29] Questionado se em algum momento pensou em escalar Pepe, reserva de Zagallo, Vicente Feola revelou: *"O Pepe eu até pensei em colocar no jogo contra a França. O Zagallo vinha esgotado e resfriado, mas ele [Pepe] ficava retraído e tímido"*.[30] Sobre Mazzola, era taxativo: *"Mazzola ficou um tanto perturbado por causa daquela proposta para a Itália"*.[31]

O capitão Bellini diz que, no momento em que ergueu a taça de campeão, fez um grande esforço para não chorar, pois pensava a todo o momento no pai dele, que era cardíaco. O jogador não perdia a chance de elogiar Paulo Machado de Carvalho: *"O doutor Paulo Machado de Carvalho foi o melhor diretor com quem eu trabalhei. Um homem de muita sensibilidade, muito conhecedor do meio, do ambiente dos jogadores. Ele sabia se impor, sem se tornar antipático ou ditador. Era um homem muito aberto, conseguia tudo o que era necessário para ser um bom chefe, sempre com palavras e dando liberdade aos seus comandados. Foi sem dúvida um homem extraordinário e teve um peso muito grande naquela conquista."*[32]

---

29. Entrevista à TV Cultura: programa Todas as Copas do Mundo (1974).

30. Idem.

31. Idem.

32. Entrevista ao autor (1998).

Para Nilton Santos, a união dos jogadores fez toda diferença: "*No decorrer da competição, o Brasil começou com um time, foi mudando e subindo de produção. Acredito que ganhamos também por causa do bom trabalho da comissão técnica. Nós nos unimos e deixamos para trás a divisão entre São Paulo e Rio de Janeiro*".³³ Nilton ressalta que a seleção de 1958 era uma família, sem divisões, disputas ou ciúmes por parte dos reservas. Mas quem assistisse a um treino do Brasil naquela época poderia ter uma impressão diferente. Os jogadores gritavam muito entre eles, principalmente Gylmar, Bellini, Nilton Santos e Didi. Mas era uma forma de orientar os companheiros dentro de campo, nunca houve desentendimento.

Paulo Machado de Carvalho beija Feola
(Acervo Paulo Machado de Carvalho Neto)

---

33. Idem.

O lateral Djalma Santos afirmava que a comissão técnica tratava os jogadores como homens, honrando a premissa de Paulo Machado de Carvalho: "*primeiro o homem e depois o atleta*". Já o jogador De Sordi dizia que Vicente Feola era um treinador inteligente, pois não complicava ao passar instruções aos jogadores e dava liberdade aos atletas.[34]

O jornalista e radialista Luiz Mendes, que cobriu a Copa pela TV Rio, lembra que os suecos perguntavam se o Brasil ficava na África. Depois do mundial, as coisas mudaram, segundo ele: "*O futebol é o maior embaixador do Brasil. Em 1958, surgiu a 'seleção de ouro'.*"[35]

A festa inédita no Brasil

O grito de "é campeão" estava engasgado desde o jogo decisivo do mundial de 1950. O Rio de Janeiro, principalmente, local da partida contra o Uruguai, viveu uma dor sem igual naquele fatídico 16 de julho, mas também viveu uma alegria sem igual, quase oito anos depois: "*Massa humana delirou na Cinelândia com a vitória*", dizia a manchete efusiva de *O Globo*. A multidão já ocupava o local duas horas antes da partida contra a Suécia. As escadarias do Teatro Municipal, da Câmara de Vereadores e da Biblioteca Nacional ficaram totalmente ocupadas.

Os torcedores aguardavam o início da irradiação do jogo pelos alto-falantes instalados pelo centro do Rio. A cada gol, o foguetório deixava as pessoas surdas e mal se conseguia ouvir pelo rádio quem tinha marcado o tento. A noiva de Vavá, Mirian, estava na Cinelândia e declarou: "*Vai ser uma goleada de três a zero e um dos tentos vai ser marcado por Vavá, que me prometeu fazer isso em minha homenagem*" (*O Globo*). A seleção ganhou por uma diferença de três gols e Vavá balançou as redes duas vezes: a realidade se impôs diante da promessa do apaixonado noivo.

Melhor para o Brasil!

---

34. Entrevistas de Djalma Santos e De Sordi à TV Cultura em 1993.

35. Entrevista à TV Cultura em 1993.

Uma multidão comemorou o título no centro do Rio
(*Última Hora*/Arquivo Público do Estado de São Paulo)

As moças perdiam os sapatos a cada gol e os homens jogavam os chapéus para cima durante a comemoração e, nem sempre, conseguiam recuperá-los. Um major dos bombeiros deu um tiro para o alto depois do quinto gol do Brasil. Mas ninguém conseguiu distinguir o estampido do barulho dos rojões. Após o jogo, em meio à festa, uma banda entoou o hino nacional. Ônibus e lotações não paravam de trazer mais torcedores ao centro do Rio e a comemoração se arrastou até a madrugada de segunda-feira, 30 de junho.

A revista *Manchete* traduzia o clima das ruas: "*Terminado o jogo, parecia que se haviam aberto as portas de um hospício imenso: praças e avenidas, duras de povo frenético, estremeciam ao som de bombas e foguetes, enquanto chovia papel picado dos edifícios altos*". Os repórteres entrevistaram torcedores na Cinelândia, como a senhora Ítala Olivieri: "*Se tiver um ataque na rua, morrerei feliz!*"

Carnaval em pleno mês de junho no Rio
(*Última Hora*/Arquivo Público do Estado de São Paulo)

As longas reportagens dos jornais e revistas traziam fotos das famílias dos jogadores acompanhando a partida, como Guiomar, esposa de Didi, e os pais de Pelé. Aliás, o Rei tinha uma única preocupação: ter a certeza de que Celeste e Dondinho sabiam que ele era um campeão do mundo. Na autobiografia, o Rei conta que só conseguiu falar com os pais um ou dois dias depois por uma frequência de rádio internacional: "(...) 'O senhor me viu com o rei da Suécia? Câmbio?' e 'Apertei a mão do rei. Câmbio' (...)". Com o título, Pelé cumpria a promessa de ganhar uma Copa para o pai, depois de ver o semblante triste de Dondinho após a derrota do Brasil em 1950. A revista *Manchete* brincava que Pelé não tinha nem idade para ser reservista do Exército.

O presidente da República estava na futura capital, conforme informava *O Globo*: "*O presidente Juscelino Kubitschek, em companhia de sua família, ouviu a irradiação do jogo Brasil x Suécia no living room do Hotel Turismo de Brasília. Ele estava acompanhado de membros do gabinete militar e civil da presidência e de grande número de jornalistas e hóspedes do hotel, sobretudo participantes da Conferência Internacional de Investimentos que aqui vieram encerrar esse conclave*". Brasília seria inaugurada somente em 1960, mas Juscelino aproveitou aquele momento de triunfo do futebol nacional para exaltar a transferência da capital para o Planalto Central.

A futura capital brasileira ensaiava os primeiros passos com o pé direito.

Já o vice-presidente do Brasil, João Goulart, estava no Rio de Janeiro e quebrando o protocolo, permitiu-se ir comemorar o título com populares. A *Manchete* destacava: "*Jango Goulart foi para as ruas torcer ao lado do povo. Vibrava ao ritmo dos pés mágicos de Vavá e Garrincha*". À revista *O Cruzeiro*, Jango declarou: "*Hoje o dia era nosso. Não havia quem tomasse esse campeonato. Vice mesmo só eu!*" De acordo com a publicação, Jango ouviu o primeiro tempo da finalíssima no sítio dele em Jacarepaguá, na estrada de Uruçanga. No fim do primeiro tempo, ele foi para a Cinelândia e, durante o trajeto, foram marcados o terceiro e o quarto gols. Quando chegou ao centro do Rio de Janeiro, o vice-presidente sentou-se em um carro aberto e abraçou populares.

A praia de Copacabana também estava lotada e a concentração começou cedo. De acordo com *O Globo*, mesmo com o surgimento de rádios portáteis, muita gente fez uma "gambiarra" para conseguir ligar equipamentos na eletricidade. À noite, milhares de pessoas foram assistir a uma queima de fogos na Lagoa Rodrigo de Freitas.

O presidente da CBD, João Havelange, que não viajou à Suécia, acompanhou a partida na casa dele, no Rio de Janeiro, de acordo com *O Globo*: "*O presidente João Havelange escutou toda a sensacional partida em sua residência, cercado de amigos que nunca o abandonaram na longa campanha que ontem chegou a um final vitorioso. Antes das 11 horas, já se encontravam no apartamento do presidente os senhores Raul Guimarães, Sérgio Rodrigues, José Roberto Haddock Lobo, Carlos Tavares, Celso Caçador, Rolando Cruz, Frederico Quartarolli, seus sobrinhos Roberto Eugênio Borges e Paulo Mamede e a reportagem de O GLOBO. De terno marrom, nervoso e agitado, o presidente, todavia denotava confiança na vitória de 'sua seleção'*". O jornal também registrava a comemoração de personalidades, como a cantora Ângela Maria, que estava no Uruguai e iria se casar na segunda-feira, dia 30, com o arquiteto e empresário Rodolfo Valentino Aleksitch.

Capa do jornal *Última Hora* que mostra a comemoração pelo Brasil
(Arquivo Público do Estado de São Paulo)

A revista *Manchete* destacava o entusiasmo pelas ruas: "*De Norte a Sul, de Leste a Oeste, [a torcida] pulava, cantava, berrava. Rio e São Paulo lideraram a loucura, que ainda hoje não se desvaneceu inteiramente. O ano de 1958 viu o seu segundo carnaval, sem dúvida ainda mais entusiástico que o anterior.*"

Em São Paulo, como não poderia deixar de ser, também houve muita festa, principalmente na Praça da Sé, "Marco Zero" da metrópole. O jornal *Folha da Noite* exaltava: "*O povo viveu em junho o carnaval que o calendário marcara para fevereiro*". Na segunda-feira, apesar da ressaca, foi muito fácil trabalhar: "*O povo paulistano, não obstante as manifestações que se prolongaram até o fim da noite de ontem, saiu à rua, como faz todos os dias úteis da semana, em direção às fábricas, escritórios, laboratórios, magazines e demais atividades cotidianas, com a responsabilidade de que sempre foi o seu traço marcante, notando-se uma única diferença: todos estampavam em seu semblante a alegria de que estavam possuídos com o grande feito dos futebolistas brasileiros.*"

Com bandeiras, os torcedores fazem festa nas ruas
(*Última Hora*/Arquivo Público do Estado de São Paulo)

A festa tomou conta do Brasil, mas a *Folha da Noite* registrava algumas ocorrências negativas, ainda que pontuais. Em Natal, o septuagenário Francisco Galvão teve um ataque cardíaco, minutos depois do fim da partida: o coração não aguentou de emoção. Já em Fortaleza, o operário Alcides Carneiro Araújo, de 51 anos, estava embriagado e foi comemorar o título no quintal de casa, mas caiu em um buraco e morreu. Ainda na capital cearense, no bairro Monte Castelo, Raimundo Nonato Barros, de 29 anos, deu uma facada em Raimundo de Souza, de 26, que proferia palavras contrárias ao selecionado brasileiro.

Nada, porém, que estragasse o brilho da festa verde e amarela.

A repercussão do triunfo inédito

Na *Gazeta Esportiva* do dia seguinte à final, um desabafo que poderia ser de todos os brasileiros: "*Então, minha gente, vocês viram! Que maravilha: Vavá (2), Pelé (2) e Zagallo sacudiram as redes da Suécia! Não tinha jeito mesmo! Vitória de gala, com segurança, brio, disciplina, lealdade e baile brasileiro! Demos uma lição a muita gente! Precisamos acreditar e confiar no Brasil em qualquer circunstância! É ou, não é? E agora! Viva São Pedro! Aí vem Bellini com a Taça de Ouro de campeão do mundo para mostrá-la a todos aqueles que... bem, etc. etc. etc.*"

Nelson Rodrigues, que, como vimos, cunhou a expressão "complexo de vira-latas", escreveu a crônica *O triunfo do homem*, publicada na *Manchete Esportiva* de 5 de julho de 1958. O cronista pernambucano carregava nas tintas para enaltecer o escrete: "*Qualquer jogador do escrete brasileiro podia ser o meu personagem da semana. De Gylmar a Zagallo. De Zagallo diremos apenas o seguinte: – estava em todos os lugares ao mesmo tempo. (...) – Pelé, um menor total, irremediável, que nem pode assistir a filme de Brigitte Bardot. Ao receber o ordenado, o bicho, é o pai que tem de representá-lo. Pois bem: – Pelé assombrou o mundo. Não se limitou a fazer os gols. Tratava de enfeitá-los, de lustrá-los. Sim, poderia ser Pelé o homem desta página. (...) Eu já disse que, no formidável e harmônico esforço do escrete, todos parecem merecer uma glória igual. É dificílimo destacar este ou aquele. Mas há, no caso de Didi, certas circunstâncias que projetam o craque em alto-relevo. O torcedor estava errado quando o imaginava incapaz de paixão, incapaz de gana, incapaz de garra. Molhou a camisa, derramou até a última gota de suor, matou-se em campo. Quando o rei Gustavo da Suécia veio apertar-lhe a mão, eu imaginei ao ouvir no rádio a descrição da cena: –*

dois reis! Pois Didi, como sempre tenho dito aqui, lembra um rei ou príncipe etíope de rancho. Com as suas gingas maravilhosas, ele, em pleno jogo, dava a sensação de que lhe pendia no peito não a camisa normal, mas um manto de cetim azul, com barra de arminho". E não foi à toa que a FIFA escolheu Didi como o grande destaque do mundial. Em inúmeras crônicas, Nelson Rodrigues não se cansava de dizer que o "complexo de vira-latas" tinha chegado ao fim.

O escritor Rubem Braga, em um artigo para a *Manchete*, intitulado *Aperto de mão de rei*, dizia que seguiu todo um ritual para acompanhar a finalíssima: *"Desculpem, mas eu ainda não consigo pensar em outra coisa, só no jogo Brasil x Suécia. Na véspera, dispensei a empregada, no domingo tranquei-me em casa, não aceitei nenhum convite para ir ouvir o jogo em roda amiga. Tomei banho devagar, fiz a barba caprichada, arrumei a casa toda, eu me sentia um noivo, naquela manhã de domingo, como todo brasileiro, um noivo da vitória. E, como todo noivo, trêmulo, mas confiante. (...) Suado, exausto e feliz, entro em fila para receber o aperto de mão do rei."*

Na revista *O Cruzeiro*, a escritora Rachel de Queiroz relacionava a vitória esportiva a uma mudança de expectativas em relação ao país: *"Será uma indicação de que a sorte afinal mudou, e que já estamos pondo o pé no caminho daqueles altos destinos a que todos nos dizem fadados, mas que sempre recuavam para o futuro? (...) Mas pondo de lado os sonhos, o fato é que a vitória na Copa do Mundo foi boa por todos os motivos. Inclusive e principalmente porque tenho a impressão que nos libertou dos dois complexos que mais nos atrasavam a vida. O primeiro era o da mestiçagem. (...) O segundo complexo, que também espero esteja bastante superado, é o do colonialismo tupiniquim (...)."*

A CBD recebeu telegramas de todas as partes do mundo felicitando os campeões. Já o governo de Juscelino Kubitscheck avaliou a possibilidade de conceder aos vinte e dois jogadores uma pensão por invalidez ou morte e viabilizar um financiamento de 80% para a compra da casa própria.

Paulo Machado de Carvalho cumprimenta Djalma Santos
(*Última Hora*/Arquivo Público do Estado de São Paulo)

Por falar em dinheiro, João Havelange usou as páginas da revista *O Cruzeiro* para fazer um agradecimento efusivo ao Banco Comercial do Estado de S. Paulo: "*No dia em que a história verdadeira da Copa de 58 for escrita (...) todo mundo saberá o papel importante que o Banco Comercial e o seu gerente no Rio, Nelson Vaz Moreira, representaram. Um e outro nos davam abrigo, ânimo e perseverança, quando o pessimismo, a intriga e a calúnia não nos deixavam trabalhar. Por isso, seremos eternamente agradecidos, nós, os desportistas do Brasil, a essa casa paulista implantada no coração do Rio: o Banco Comercial do Estado de S. Paulo*". A agência mencionada ficava na Praça Pio X, junto à Candelária, no Rio de Janeiro. O gerente Nelson Vaz Moreira era um esportista ligado ao Fluminense.

O abraço da vitória entre Paulo Machado de Carvalho e Feola
(Acervo Paulo Machado de Carvalho Neto)

Manchetes dos Jornais (Brasil 5 x 2 Suécia)

<u>Gazeta Esportiva</u>: "Brasil, campeão mundial de futebol"

<u>Jornal dos Sports</u>: "Brasil campeão do mundo"

<u>Folha da Noite</u>: "O futebol mundial conheceu ontem, afinal, os seus verdadeiros mestres"

<u>O Globo</u>: "O maior feito do futebol brasileiro"

<u>Estado de S. Paulo</u>: "Brasil, campeão sem derrota"

<u>Última Hora</u>: "A Copa é nossa" – "Curvou-se o mundo diante do maior futebol do universo"

A imprensa internacional também exaltou a conquista da Copa do Mundo. O francês *L'Équipe* abusava nos adjetivos: "*Formidáveis, sensacionais, maravilhosos, alucinantes, extraordinários*". O jornal também fazia uma projeção sobre a supremacia brasileira no futebol: "*Como se pode pensar em alterá-la em 1962, em terreno chileno?*"

Parecia uma profecia. E era.

O jornalista Robert Vergne, da *France Football*, destacava a técnica apurada dos brasileiros: "*Em uma época em que reina o suspense, os brasileiros demonstraram de maneira brilhante que ainda havia algo de mais belo: a pureza. A pureza técnica ostentada durante 90 minutos de jogo, que faria qualquer um desistir de jogar futebol. Mas também e, sobretudo, pureza de intenção. Nenhum jogador de futebol do mundo havia antes abraçado um rei (...).*"

O *Daily Herald*, da Inglaterra, dava a manchete: "*Fascinante exibição de futebol pelos mais perfeitos artistas.*"

O *Times*, de Londres, foi no mesmo tom: "*Combinavam o teatral com o prático e os suecos caçavam sombras*". Sobre Garrincha: "*(...) O pobre Axbom fez o que pôde para contê-lo, mas vez após vez era deixado tão sozinho como o vento da montanha. Garrincha, na verdade, estava inteiramente imune a qualquer controle.*"

O veterano Gunnar Gren, em declaração reproduzida por *O Cruzeiro*, também mencionava Garrincha: "*Como se pode deter Garrincha? Ele faz sempre a mesma finta, sabe-se exatamente como ele vai agir... e ele passa sempre. Que fenômeno! Sozinho, Garrincha nos deu complexos. Mas o que dizer também do reinado de Didi e do talento de Pelé? Não esquecerei a lição de 29 de junho, dada sobre o terreno pesado que, teoricamente, nos ajudaria*". A revista carregava nos adjetivos: "*Fabuloso... magnífico... fantástico! Em qualquer linguagem, esses cintilantes 90 minutos de 'fiesta' se traduzem por fabulous... magnificent... fantastic. No superlotado estádio de Rasunda, aqueles onze brilhantes e diabólicos brasileiros de camisa azul precisaram de apenas 54 minutos para conquistar a Copa do Mundo que lhes fugia das mãos há 28 anos.*"

Após a conquista da seleção brasileira, os europeus começaram uma discussão sobre o futuro do futebol. Será que a arte dos brasileiros desbancaria de vez o que se convencionou chamar de "futebol força"? É inegável que a habilidade e o improviso pegaram os adversários de surpresa, subvertendo qualquer tática. Já os ingleses, que nunca deixaram a soberba de lado por serem considerados os inventores do futebol, não davam o braço a torcer, conforme publicou o *Daily Herald*: *"Quem viu pela televisão os matches de futebol da Copa do Mundo reconhecerá que o futebol é rudemente bom no Brasil e que é acompanhado de magnífico espírito esportivo. Vê-se, após três horas de observação durante o 'week-end', a que ponto estão acima dos seus mestres britânicos os quatro primeiros países do campeonato de futebol: Brasil, Suécia, França e Alemanha Ocidental."*

Futebol "rudemente bom" que agora era o campeão do mundo!

O técnico italiano Vittorio Pozzo, bicampeão mundial em 1934 e 1938, dizia-se espantado com o futebol apresentado: *"O Brasil foi um quadro homogêneo, artístico e, acima de tudo, sereno. Futebol maravilhoso do princípio ao fim. Estiveram muito acima de todos os demais concorrentes e talvez tenham sido os melhores em todas as épocas."*

Paulo Machado de Carvalho, no prefácio do livro *O mundo aos pés do Brasil*, escrito pelo jornalista Thomaz Mazzoni, enfatizava a importância da conquista para o reconhecimento internacional do país: *"Creio ter sido esta, realmente, a segunda vez que a Europa ouviu falar do Brasil. A primeira foi quando o encontraram dormindo, com toda a riqueza no buxo [árvore ou planta nativa]. Foi então que aquele Thomaz Mazzoni da equipe de Cabral, conhecido na época como Pero Vaz de Caminha, fez um relato de bordo, contando, entre outras coisas, que isto aqui era uma 'terra dadivosa e boa'. Descobria-se o Brasil. Nesta segunda vez, o Brasil fez a sua segunda entrada na História, menos passivamente, não o encontraram dormindo".* O livro de Mazzoni é uma espécie de diário da vitória da seleção brasileira na Europa.

Depois da conquista, um fato emocionou o "Marechal da Vitória". Paulo Machado de Carvalho recebeu um telegrama dos netos, contendo um singelo recado: *"Nem todos podem ter a satisfação de ter um avô campeão do mundo."*

A volta para casa: epopeia e *"via crucis"*

Se a conquista da seleção brasileira em 1958 foi uma epopeia, o retorno da delegação foi uma *"via crucis"*. Foram mais de 30 horas de voo, escalas e cerimônias intermináveis. As comemorações começaram ainda na noite de domingo, 29 de junho. A segunda-feira, dia 30, foi de descanso, passeios, compras por Estocolmo e muito assédio da imprensa e da torcida. *"A maioria dos jogadores campeões, que ontem haviam se entregado às mais entusiásticas manifestações de contentamento pela posse da Copa do Mundo, saiu hoje às ruas (passeios e compras), enquanto que alguns permaneceram em repouso na concentração, a exemplo de Nilton Santos que, depois de dar lições de futebol nos jogos da Copa, permaneceu ao lado de um garoto de 15 anos de idade, introduzindo-o nos segredos da arte que domina como ninguém"*, relatou o *Diário Carioca*. Depois de um fim de semana chuvoso, o sol deu as caras em Estocolmo.

A saída da Suécia estava marcada para a terça-feira, primeiro de julho, às 10h45 locais. O saguão do aeroporto ficou abarrotado de torcedores suecos que queriam se despedir dos astros da bola. A revista *O Cruzeiro* registrou: *"(...) Quando os alto-falantes do aeroporto de Estocolmo anunciaram a partida do avião especial da Panair do Brasil, que conduzia os campeões de volta à Pátria, havia lágrimas nos olhos de muitos suecos, que tinham ido dar adeus aos bravos jogadores brasileiros"*. O "Bandeirante Antônio Raposo Tavares", prefixo PP-PDM, pertencente à Panair, deixou o solo levando os campeões mundiais. Dentro do avião, Bellini segurava a *Jules Rimet* e dizia: *"Parece que estou sonhando. Quero tocá-la para acreditar"*. Já o excesso de bagagem na aeronave chegava a cem quilos.

O primeiro destino foi Londres. Os jogadores desceram da aeronave e concederam entrevistas para jornalistas locais. Às 14h45, a delegação deixou a capital britânica rumo ao aeroporto de Orly, em Paris. Os jogadores aproveitaram a nova escala para comprar perfumes e conversar com repórteres franceses.

Na volta ao avião, a revista *O Cruzeiro* informou que Didi fez uma lista com nomes e assinaturas dos atletas para que eles registrassem os prêmios pela vitória, já que tudo seria dividido: *"Dizem que eu ganhei um automóvel. Se for verdade, como não posso dividi-lo em 22 pedaços, vou vendê-lo e o dinheiro apurado dividirei com todos".* A publicação listava os presentes que foram enviados aos jogadores: *"Sofá-cama, mesas plásticas, camisas, máquinas de escrever, aparelhos de barbear, medalhas de ouro, relógios, bebidas finas, calçados, ações nominais, colchões de mola, tecidos, máquinas de costura, liquidificadores, televisões, bicicletas, aspiradores e até gasolina, e tinta para automóveis, o que fez Moacir comentar: 'Eu aceito a tinta para pintar meu carro novo, só que antes preciso de um carro'."*

Na sequência, após a escala em Paris, foi a vez de visitar os "patrícios". Já era noite quando o avião pousou em Portela de Sacavém (hoje chamada apenas de Portela), a cinco quilômetros de Lisboa. Um grupo de torcedores portugueses confundiu o roupeiro Assis com Pelé e foi uma correria. Apesar de uma recepção estar prevista para o aeroporto, os jogadores foram para o campo do Benfica e depois seguiram em direção ao estádio do Sporting. No local, a fadista Amália Rodrigues cantou para a seleção brasileira. Depois da breve comemoração, a comitiva voltou ao aeroporto: era meia-noite e dezoito minutos quando o avião da Panair deixou a Europa, em definitivo, rumo ao Brasil. A primeira escala foi em Recife.

A parada na capital pernambucana seria inicialmente para reabastecimento da aeronave. A seleção não tinha tempo, pois deveria seguir para o Rio de Janeiro, onde cumpriria uma extensa agenda, com direito a encontro com o presidente da República. Mas a pressão local foi tão grande que os jogadores tiveram de deixar o avião. Chovia muito, mas o mau tempo não foi capaz de estragar a festa do alegre povo do Nordeste. Pelo contrário. Os atletas receberam homenagem no Clube Português. A revista *O Cruzeiro* destaca que um dos primeiros a ter contato com parentes foi o alagoano Zagallo. Os tios dele se deslocaram até Recife especialmente para recepcionar o campeão.

No Rio de Janeiro, estava previsto que o presidente da República recebesse os jogadores no aeroporto do Galeão, antes do deslocamento para o Catete, mas, com o atraso da delegação brasileira, o cronograma foi alterado. O governo decretou ponto facultativo nas repartições públicas federais, estaduais e municipais. Já o comércio do Rio fechou as portas ao meio-dia.

Quando a aeronave se aproximava do aeroporto, Didi declarou: "*Puxa, o Galeão está cheio. Parece até um formigueiro!*" O pouso se deu às 17h50 daquele dia dois de julho de 1958, quarta-feira. De acordo com *O Cruzeiro*, começava um teste de fôlego para jogadores e a comissão técnica: "*Escoltado por dezesseis caças a jatos da FAB, sobrevoa o Galeão o DC7-C da Panair. Aí começou o delírio que duraria cinco horas – até o Palácio do Catete.*"

Assim que a porta do avião se abriu, surgiu Bellini segurando o troféu mais cobiçado pelos futebolistas de todo o planeta. Os jogadores subiram em um carro dos Bombeiros para o desfile pelas ruas e avenidas do Rio. Paulo Machado de Carvalho jamais se esqueceu da multidão que foi recepcionar os campeões: "*A gente saiu [do Brasil] completamente desacreditado. No aeroporto do Rio, eu acho que não tinham 40 ou 50 pessoas. Em compensação, na volta isso foi multiplicado por milhares e milhões.*"

O dirigente não aceitou convite do cunhado e dono da TV Rio, Pipa Amaral, para que os jogadores fossem à sede da emissora (ver mais no capítulo 10). No entanto, o cartola concordou que a comitiva se dirigisse para uma recepção promovida pela revista *O Cruzeiro*, na Rua do Livramento, onde havia uma faixa estendida com os seguintes dizeres: "*O Cruzeiro saúda os campeões.*"

Era toda uma nação a saudar os campeões.

A edição da revista que registra a passagem da seleção pelo prédio de *O Cruzeiro* foi, sem dúvida, um grande furo de reportagem. Inúmeras fotos mostram os jogadores ao lado da Miss Brasil, Adalgisa Colombo. Um dos preferidos das lentes de Idalécio Wanderley era Bellini: "*Tudo isso aconteceu na redação da revista 'O Cruzeiro', onde a beleza da mulher se encontrou com o talento do futebol brasileiro*". Outra frase estampada na revista: "*O grande capitão Hideraldo Bellini virou guarda-noturno da Taça. Com uma ternura que tem muito de primeiro amor.*"

Todos os jogadores estavam vestidos com um terno marrom, que tinha o emblema da CBD estampado. O evento na sede da revista foi marcado pelo reencontro dos campeões com os familiares, como os pais de Pelé, Celeste e Dondinho, a esposa de Feola, dona Joaninha, e o pai de Garrincha, Amaro, muito assediado. Vavá foi o primeiro a pisar na redação e declarou surpreso: "*Isso aqui está pior do que a defesa de Gales.*"

Além de políticos, personalidades, como Guilherme Paraense, campeão olímpico de tiro, em 1920, e o cartunista Ziraldo, recém-casado, acompanhado da esposa, compareceram. Tudo regado a um banquete oferecido pela Confeitaria Colombo, que também cedeu os garçons. A emoção era tanta que a mãe de Moacir passou mal e teve de ser atendida pelo serviço médico.

A solenidade no sétimo andar do prédio foi descrita assim pela revista: "*Sob frenéticos aplausos da multidão, Bellini parou no 'hall' dos elevadores de O CRUZEIRO. Ao lado dos soldados da Polícia Militar, que mantiveram a ordem, posou com a Taça, tendo por fundo o cenário maravilhoso do painel dos campeões. A foto colhida por Henri Ballot, na concentração em Hindas, foi ampliada cem vezes por Carlos Botelho, dando uma visão de proporções quase naturais do plantel vitorioso (...).*"

O chefe da delegação brasileira foi homenageado pelo vice-presidente da República: "*O vice-presidente João Goulart entregou a 'Taça O Cruzeiro' ao Sr. Paulo Machado de Carvalho, chefe da delegação brasileira, e o embaixador Assis Chateaubriand entregou a Dida o relógio de ouro*". Dezenas de pessoas, presenteadas com o suplemento especial da revista em comemoração ao título, disputavam autógrafos dos jogadores.

Para encerrar a festa, destaque para o maestro Pixinguinha que estava lá com o Grupo da Velha Guarda. Donga e João da Baiana executaram "*Cidade Maravilhosa*".

Garrincha segura a *Jules Rimet* em desfile pelas ruas
(*Última Hora*/Arquivo Público do Estado de São Paulo)

Recepção no Palácio do Catete

Já era noite quando a comitiva brasileira foi recebida pelo presidente da República, no Palácio do Catete. Estimativas à época indicavam que, ao menos, três milhões de pessoas estiveram nas ruas do Rio de Janeiro naquele dia ao longo de todo o trajeto: desde a chegada da seleção ao aeroporto, nos deslocamentos por ruas e avenidas e na recepção na sede do governo.

Um palco foi montado na calçada em frente ao Catete para receber os heróis de Estocolmo: "*Sitiado por uma multidão cada vez maior, o Palácio do Catete viveu seis horas como uma Bastilha não sanguinária*". Os cordões de isolamento foram rompidos e a multidão conseguiu chegar perto do palco. A revista *Manchete* citava: "*(...) A maior recepção já havida na história da cidade, maior que as manifestações na chegada dos 'pracinhas'*[36] *(...). A Avenida Rio Branco viu a maior noite dos seus quase sessenta anos de existência, quando se bateram todos os recordes de entusiasmo. (...)*

---

36. Referência aos soldados brasileiros que lutaram na Segunda Guerra.

Balões com bandeiras dos países que disputaram a Copa foram soltos na Praça do Congresso e na Praça Mauá e houve até quem sugerisse que jogadores deveriam ter desfilado no Maracanã, de onde saíram para a vitória."

JK entrega uma bola de presente para Gylmar
(*Fundo Correio da Manhã*/Acervo Arquivo Nacional)

Ao lado da filha, Márcia, e da esposa, Sara, Juscelino Kubitschek entregou medalhas aos campeões, sendo que o primeiro a receber a distinção foi Paulo Machado de Carvalho, precisamente às 21h13. Cada jogador ainda ganhou um diploma com o seguinte texto: "*O presidente da República, traduzindo o sentimento do povo brasileiro e considerando a importância dos esportes como afirmação do desenvolvimento do progresso das nações confedera a (nome do jogador) a medalha alusiva ao título de Campeonato Mundial de Futebol, conquistado em sua campanha imorredoura na Suécia, no ano de 1958. Juscelino Kubitschek de Oliveira*". O presidente assinou, simbolicamente, um projeto de abertura de linha de crédito de 22 milhões de cruzeiros para que os jogadores conseguissem comprar a casa própria.

JK também mandou cunhar medalhas que foram enviadas aos jogadores da Suécia: um agradecimento aos adversários pela desportividade.

Torcedores comemoram o título inédito
(*Última Hora*/Arquivo Público do Estado de São Paulo)

As autoridades presentes queriam conhecer de perto os grandes nomes da seleção: "*O general Nelson de Melo, chefe da Casa Militar da Presidência da República, que estava também no palanque armado em frente ao Palácio do Catete, ao lado do cardeal D. Jaime Câmara, quis saber quem era Djalma Santos*" (*O Cruzeiro*). A saga pelas ruas do Rio foi tão intensa que o presidente da CBD, João Havelange, ficou doente no dia seguinte.

O evento em frente ao Palácio do Catete terminou de madrugada. A Confederação Brasileira de Desportos reservou quartos no Hotel Paysandú, no bairro do Flamengo, para que os jogadores que não moravam no Rio de Janeiro pudessem passar a noite. A revista *O Cruzeiro* ainda ofereceu um jantar aos atletas no Hotel Regente, mas nem todos compareceram, pois estavam exaustos.

No dia seguinte, os jogadores de São Paulo embarcaram para a capital paulista e enfrentaram nova e intensa maratona de comemorações.

Como era de se esperar, milhares de pessoas foram recepcionar os campeões em Congonhas. A pista do aeroporto foi invadida, assim que a aeronave pousou. Pelé e Gylmar eram carregados pela multidão. Os veteranos da Copa de 1938, capitaneados por Domingos da Guia, queriam abraçar os jogadores, mas não conseguiram se aproximar. O vice-governador de São Paulo, Porfírio da Paz, também nem chegou perto deles. O prefeito Ademar de Barros estava presente, ao contrário do governador Jânio Quadros, que mandou um emissário para tentar marcar uma recepção com os jogadores para a semana seguinte. Uma faixa dizia: "*Salve! Reis do Foot-Ball!*"

Depois da confusão em Congonhas, os atletas, assim como Vicente Feola e Paulo Machado de Carvalho, foram para o Vale do Anhangabaú. No trajeto, receberam o carinho dos torcedores que jogavam papel picado e soltavam fogos de artifício. De acordo com a revista *Manchete*: "*Um milhão e quinhentas mil pessoas receberam os campeões do mundo em São Paulo, na maior e mais entusiástica manifestação da história da cidade*". Assim como no Rio, os policiais tiveram muita dificuldade para conter a euforia da torcida. A revista relatava a existência de um efetivo de quatro mil e quinhentos policiais. Um palco foi montado no Vale do Anhangabaú e os jogadores novamente receberam homenagens.

Gylmar e Bellini seguram a *Jules Rimet*
(*Fundo Correio da Manhã*/Acervo Arquivo Nacional)

As comemorações com os campeões do mundo prosseguiram por dias e até semanas. Pelé participou de eventos em Santos e em Bauru, onde a família morava. No Rio de Janeiro, Garrincha retornou à cidade natal e a primeira coisa que fez foi jogar uma "pelada" com os amigos de toda a vida. Era o Mané em sua essência, seja desfilando o talento nos gramados europeus, seja disputando "peladas" nos campinhos de terra.

Zagallo com a filha
(*Última Hora*/Arquivo Público do Estado de São Paulo)

Torcedores ouvem transmissão de rádio em frente ao jornal *Última Hora*, em São Paulo
(*Última Hora*/Arquivo Público do Estado de São Paulo)

10

Emoção e imaginação
O rádio imortaliza o título de 1958

O rádio é o veículo de comunicação que mais mexe com a imaginação das pessoas. A experiência sensorial faz com que o nosso cérebro tente construir o que não estamos vendo e, por esse motivo, talvez seja o meio de comunicação que apresente a maior capacidade de provocar emoções. Claro que nada substitui assistir a uma partida de futebol, mas, em 1958, não havia outra alternativa a não ser acompanhar os jogos pelo rádio. Desde o mundial de 1938 era assim. Naquele ano, Leonardo Gagliano Neto foi o único a transmitir os duelos da seleção em campos franceses diretamente para o Brasil.

Nas duas primeiras edições de Copa, em 1930, no Uruguai, e em 1934, na Itália, ainda sem transmissões diretas de longa distância, os torcedores brasileiros se amontoavam na porta das sedes dos jornais para saber o resultado dos jogos. Já nos três mundiais seguintes, em 1938, em 1950 e 1954, a torcida brasileira se acostumou a acompanhar as partidas pelo rádio e, em 1958, não foi diferente.

A Copa afeta a rotina das pessoas, mobilizando a atenção de boa parte da população brasileira, até mesmo aqueles que normalmente não dão muita atenção ao futebol. É impossível ficar indiferente. Quando falamos sobre as Copas do Mundo que marcaram nossas vidas, são ativadas as memórias afetivas mais genuínas e longínquas. Temos recordações de lugares e das pessoas que estiveram conosco durante uma determinada partida ou uma comemoração. Os narradores esportivos também ajudam a eternizar um jogo, uma conquista ou um lance de destaque.

O rádio teve uma contribuição decisiva para contar a história da Copa de 1958. O som chegava da Europa via ondas curtas, com inevitáveis chiados e oscilações, que, para muitos aficionados pelo veículo de comunicação, davam um "charme" às transmissões.

Uma reportagem de *O Globo* esclarece que seis cadeias de rádio lideraram as transmissões da Suécia para o Brasil: Bandeirantes, Panamericana/Continental, Globo/Record, Guaíba, Nacional e Tupi. No entanto, cada grupo retransmitia o sinal para outras rádios espalhadas pelo país e praticamente todo território nacional pôde acompanhar a Copa. As lojas de magazine aproveitaram o momento para vender aparelhos, que se modernizaram e passaram a ser cada vez menores, fáceis de carregar.

Propaganda publicada nos jornais
(acervo pessoal do autor)

Cadeia Verde-Amarela (Rádio Bandeirantes): o grupo liderado pela emissora paulista foi formado por 283 emissoras espalhadas pelo país. Os narradores Pedro Luiz Paoliello e Edson Leite se destacaram como uma das maiores duplas da história do rádio esportivo. Essas narrações são as mais conhecidas e utilizadas até hoje em documentários sobre a conquista de 1958. A Bandeirantes instalou cerca de 180 alto-falantes em pontos estratégicos, como praças e fábricas, e utilizou até mesmo balões sonoros para propagar as transmissões, conforme relatou a *Manchete Esportiva*: "*A Rádio Bandeirantes soltou balões no centro da cidade de São Paulo com inscrições de incentivo à seleção. Seis gigantescos balões sonoros, em São Paulo, tiveram um êxito sem precedentes, juntando-se aos inúmeros alto-falantes que, por todo o Brasil, transmitem as peripécias da Copa do Mundo. A equipe de Pedro Luiz, na Suécia, está brilhando em todos os sentidos.*"

Pedro Luiz, um dos maiores nomes da narração esportiva do Brasil em todos os tempos, trabalhava na Panamericana, principal concorrente da Bandeirantes, mas mudou de emissora pouco antes da Copa de 1958. A sua contratação foi informada em chamada nos jornais, tal a importância do rádio na vida nacional naquele exato momento.

Chamada publicada nos jornais
(acervo pessoal do autor)

Em 1950, Pedro Luiz, empunhando o microfone da Panamericana, narrou assim a derrota brasileira para o Uruguai, em pleno Maracanã: "*Uruguai campeão mundial de futebol. (...) Parece mentira aquilo que estamos vendo, quando tudo era favorável, quando tudo estava ao nosso lado, quando o nosso time acertou, quando exibiu futebol, quando ninguém no mundo tinha dúvidas do campeonato vencido pela equipe brasileira, eis que o Uruguai lutando com fibra, lutando com denodo, lutando com confiança, levanta o título."*

Oito anos depois, Pedro Luiz dividiu as transmissões com Edson Leite pelas ondas da Bandeirantes.

Chamada publicada nos jornais
(acervo pessoal do autor)

Brasil 3 x 0 Áustria
Primeiro tempo: Edson Leite
Segundo tempo: Pedro Luiz

Brasil 0 x 0 Inglaterra
Primeiro tempo: Pedro Luiz
Segundo tempo: Edson Leite

Brasil 2 x 0 URSS
Primeiro tempo: Edson Leite
Segundo tempo: Pedro Luiz

Brasil 1 x 0 País de Gales
Primeiro tempo: Pedro Luiz
Segundo tempo: Edson Leite

Brasil 5 x 2 França
Primeiro tempo: Edson Leite
Segundo tempo: Pedro Luiz

Brasil 5 x 2 Suécia
Primeiro tempo: Pedro Luiz
Segundo tempo: Edson Leite

Rede Brasileira de Desportos (Panamericana e Continental--RJ): a Panamericana[37], atual Jovem Pan, usava o *slogan* "A emissora dos

---

37. A Panamericana (hoje Jovem Pan) entrou no ar em 3 de maio de 1944, fundada por Oduvaldo Vianna e Julio Cosi. Era uma emissora voltada a radionovelas. Paulo Machado de Carvalho comprou a rádio no fim daquele ano e a emissora está até hoje com a família Carvalho. O nome Jovem Pan surgiu em meados dos anos 60 em uma alusão à Jovem Guarda. Foi o próprio Paulo Machado de Carvalho que sugeriu a alteração.

esportes" e o proprietário era nada mais nada menos do que Paulo Machado de Carvalho, também dono da TV Record. Geraldo José de Almeida dava voz aos jogos da seleção brasileira. Com um ufanismo pouco disfarçado, ele marcou época na narração esportiva nacional, transferindo-se anos depois para a TV Globo e lá eternizou o bordão: *"olha lá, olha lá, olha lá, no placar"*. A Pan contava com o repórter Otávio Muniz e com Leônidas da Silva, artilheiro do Brasil na Copa de 1938, nos comentários. O "homem de borracha" ou "diamante negro" é um dos maiores nomes da história do futebol nacional. A Panamericana realizou as transmissões em conjunto com a Continental, do Rio de Janeiro. O narrador, que acumulava a chefia da equipe de esportes da emissora carioca, era Waldir Amaral. Na Copa seguinte, em 1962, ele já tinha se transferido para a Rádio Globo e fez história na emissora. Nos jogos do Brasil, em 1958, Waldir Amaral e Geraldo José se revezavam nos microfones: cada um narrava um tempo, a exemplo do que fez a dupla da Bandeirantes.

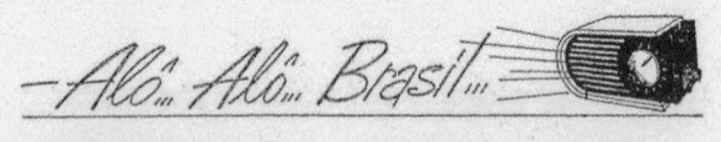

Chamada publicada nos jornais
(acervo pessoal do autor)

O sinal da Panamericana e da Continental era retransmitido por emissoras do Nordeste, do Sudeste e do Sul do país, ampliando a audiência das partidas da seleção brasileira.

Brasil 3 x 0 Áustria

Primeiro tempo: Geraldo José de Almeida

Segundo tempo: Waldir Amaral

Brasil 0 x 0 Inglaterra

Waldir Amaral

Brasil 2 x 0 URSS

Primeiro tempo: Geraldo José de Almeida

Segundo tempo: Waldir Amaral

Brasil 1 x 0 País de Gales

Geraldo José de Almeida

Brasil 5 x 2 França

Primeiro tempo: Geraldo José de Almeida

Segundo tempo: Waldir Amaral

Brasil 5 x 2 Suécia

Primeiro tempo: Waldir Amaral

Segundo tempo: Geraldo José de Almeida

Cadeia da Bolada Aymoré (Globo e Record): mais uma união de emissoras de rádio do Rio de Janeiro e de São Paulo foi feita para transmitir as partidas da Copa. Os biscoitos Aymoré patrocinaram o trabalho em conjunto da Globo e da Record. Uma curiosidade pouco notada à época foi que a Rádio Record também era de propriedade de Paulo

Machado de Carvalho, mas a emissora não participou da mesma rede formada pela Panamericana.

Vamos torcer para o Brasil!
HOJE — 24 — às 14h 30m
BRASIL X FRANÇA
Ondas médias 1.180 kcs. — Ondas Curtas — 25 — 31 e 49 metros

diretamente da Europa pela **CADEIA DA "BOLADA AYMORÉ"**

Chamada publicada nos jornais
(acervo pessoal do autor)

Uma reportagem de *O Globo* publicada no dia da partida entre Brasil e França destacava: *"(...) Utilizando a linha internacional da Radiobrás, para um som ainda mais perfeito, a 'Rede' é comandada por Ricardo Serran, chefe dos Departamentos de Esportes de O GLOBO e da RÁDIO GLOBO, e os relatos pertencem a Carlos Lima, da RÁDIO GLOBO, e Braga Júnior, da Rádio Record, com a colaboração de Flávio Iazzetti, de São Paulo (...)."*

Braga Júnior, conhecido como Braguinha, teve um destaque inesperado nas transmissões, já que o grupo de emissoras era liderado pela carioca Globo. Em entrevista à *Folha de S. Paulo*, em 2008, o narrador esportivo, advogado de formação, revelou: *"(...) Fui pé-quente. (...) Eu representava a Record a mando do Paulo Machado de Carvalho. Pela Globo, deveria irradiar o Mário Garcia, mas ele brigou com o chefe da equipe. Pegaram o segundo locutor deles, o baiano Carlos Lima. Eu e ele fomos com a incumbência de irradiar, meio tempo cada um, as partidas da Copa. (...)"*. Sobre Paulo Machado de Carvalho, Braguinha lembra que quase não teve contato com o chefe durante a competição na Suécia: *"Ele era meu chefe, mas devo dizer que estive com ele só uma vez na Copa para resolver um problema criado na equipe. Só fui rever o doutor Paulo 40 dias depois. Pedi férias após a Copa e passei 30 dias na Europa."*

Rádio Nacional do Rio de Janeiro: o sinal da Nacional, uma potência na época, era retransmitido por emissoras do sul, como a Rádio

Sociedade Gaúcha e a Rádio Clube Paranaense (veja na chamada abaixo). Jorge Curi, dono de uma voz forte e inconfundível, dividia as transmissões com o narrador Oswaldo Moreira. Curi esteve em nove mundiais: seis pela Nacional (50, 54, 58, 62, 66 e 70) e três pela Rádio Globo (74, 78 e 82). Nascido em Caxambu, Minas Gerais, Jorge Curi era irmão do cantor e ator Ivon Curi e do locutor de noticiários do rádio e da TV Alberto Curi (foi ele quem leu o texto do AI-5 em cadeia nacional em 13 de dezembro de 1968).

Chamada publicada nos jornais
(acervo pessoal do autor)

Cadeia Associada Tupi: as "Emissoras Associadas", de Assis Chateaubriand, também formaram uma grande rede de rádios para transmitir a Copa. A Tupi contava com um dos maiores nomes da narração esportiva do país: Oduvaldo Cozzi, um homem polivalente e com muita experiência. Ele era uma espécie de "embaixador" informal do futebol brasileiro e também costumava chefiar as equipes das emissoras em que trabalhava. Apesar de ser natural de São Paulo, começou a carreira na Nacional, do Rio de Janeiro, mas marcou época na Mayrink Veiga, na Guanabara, na Continental e nos Diários Associados. Com uma voz cadenciada e um repertório invejável de palavras, Cozzi trabalhou em sete mundiais: de 1950 a 1974, este último como comentarista.

Chamada publicada nos jornais
(acervo pessoal do autor)

Rede Ipiranga de emissoras (Guaíba-RS): mais um exemplo de uma cadeia de rádio batizada com o nome do patrocinador. A Guaíba, de Porto Alegre, é uma das mais tradicionais do Rio Grande do Sul e do país. Coube ao narrador Mendes Ribeiro transmitir as partidas.

Chamada publicada nos jornais
(acervo pessoal do autor)

Pela lista anterior na chamada, é possível observar que a cadeia de emissoras liderada pela Guaíba cobria grandes cidades do Sul.

> **AMANHÃ ÀS 10,30 HORAS**
> **a GUAIBA** estará em ESTOCOLMO narrando o desenrolar de
> **BRASIL x SUECIA**

Chamada publicada nos jornais
(acervo pessoal do autor)

Pérolas das narrações

Os áudios das narrações dos jogos do Brasil na Copa de 1958 resistiram ao tempo graças às emissoras Bandeirantes, Panamericana e Tupi que lançaram, na época, discos comemorativos pela conquista do mundial. Os LPs também contêm músicas alusivas à conquista brasileira. A mais conhecida e emblemática, sem dúvida, é "*A taça do mundo é nossa*" (Wagner Maugeri, Lauro Müller, Maugeri Sobrinho e Victor Dagô):

A taça do mundo é nossa
Com brasileiro não há quem possa
Êh eta esquadrão de ouro
É bom no samba, é bom no couro
O brasileiro lá no estrangeiro
Mostrou o futebol como é que é
Ganhou a taça do mundo
Sambando com a bola no pé
Goool!

Sobre essa música, há uma nota interessante na edição de *O Globo* de 30 de junho de 1958: "*Sob esse título, conhecida empresa gravadora lançou, também em primeira audição, por intermédio da RÁDIO GLOBO, uma bela marcha que diz: 'a Taça do Mundo é nossa, com brasileiro não há quem possa...'. E que termina dizendo que ganhamos o título máximo 'sambando com a bola no pé'. Essa marchinha foi cantadíssima nos bares e pelas ruas. O público decorou depressa toda a sua letra e gostou da melodia, daí porque passou a entoá-la no Bar Recreio, no Café Lamas, pelas ruas, por toda parte*". Na conquista da Copa de 1962, essa mesma letra foi adaptada: "*O brasileiro dessa vez no Chile/Mostrou o futebol como é que é/Ganhou o bicampeonato/Sambando com a bola no pé.*"

A Rádio Nacional preservou as transmissões de alguns jogos na íntegra, como a semifinal e a final da Copa do Mundo. Os áudios nos ajudam a fazer uma viagem no tempo, conhecer detalhes das partidas e ter acesso a informações que nem sempre eram destaque na imprensa escrita. Os narradores não escondiam a irritação com os árbitros das partidas. Edson Leite, da Bandeirantes, lamentava a atuação de Benjamin Griffiths, do País de Gales, no jogo contra os franceses:

"*(...) O bandeirinha anula o gol, de fora da área. Impressionante, amigos. Parece que vamos presenciar uma das coisas impossíveis de ocorrer. O árbitro anula um gol de fora da área. Amigos, o Brasil está sendo furtado (...).*"

Edson Leite, que anos depois virou um alto executivo da TV Excelsior, tinha um jeito bem sóbrio de narrar e, após cada gol da seleção, dizia: "*Placaaar na Suécia.*"

Já Geraldo José de Almeida era muito mais emotivo, e "floreava" as narrações:

"*(...) Orlando para o seu companheiro que é Pelé; Pelé de calcanhar, entregando a pelota para Zagallo; Zagallo cruza, cabeceia Pelé: goool, goooool de Pelé (...). Espetacular: Brasil, Brasil, Brasil! Gritem todos, comemorem todos. É a vitória da raça, é a vitória da desportividade (...). Terminada a peleja pelo apito de Guigue (...). Meu Brasil querido: somos os campeões do mundo, como resultado de uma jornada espetacular (...).*"

O repórter Otávio Muniz não escondia a surpresa pelo o golaço de Pelé contra a Suécia em que o camisa 10 dá um "chapéu" no adversário:

"(...) Gol sensacional, gol aerodinâmico, podíamos assim dizer de Pelé; foi tudo pelo alto (...)."

No duelo contra os franceses, Jorge Curi exaltava o craque Kopa, permitindo-se até apelidá-lo de "Didi da França". E a sua narração, tomada pela mais pura emoção, eternizou o gol brasileiro diante da equipe europeia:

"(...) Garrincha atrasa para Didi; Didi vai progredindo, tranquilamente pelo centro. Tenta aplicar uma finta (...); dispara a bomba de fora da área, executa: goooool; goool do Brasil. (...) Encaixou a pelota (...)."

Na finalíssima, o desabafo "vivo" de Jorge Curi, que tinha sido testemunha ocular da tragédia de 1950:

"(...) Uma das mais brilhantes façanhas do esporte em todos os tempos. Vibra o continente americano com a vitória do Brasil. Chorem meus amigos de alegria e brinquem o seu carnaval de São Pedro. Porque nós também choramos de emoção, choramos de alegria em campos da Suécia. (...) Apagamos o 16 de julho do esporte brasileiro, temos o 29 de junho (...)."

Waldir Amaral também tinha um jeito todo peculiar de narração, mas, por outro lado, ainda não havia criado os bordões que o consagrariam na Rádio Globo (como, por exemplo, o famoso *"tem peixe na rede"*, dito de maneira entusiástica ao narrar um gol):

"(...) Volta a atacar o Brasil procurando igualar o marcador; Didi para Vavá, Vavá para Pelé, bateu na zaga, voltou para Zito; Zito para Garrincha, invade a área pela direita, cortou o marcador, apontou, atirou; Vavá, gooool do Brasil (...)."

Já as narrações de Oduvaldo Cozzi na Rádio Tupi chegaram a ser dadas como perdidas, mas acabaram por ser localizadas em 2021 em um antigo LP dos Diários Associados:

"(...) Mazzola para Joel, entrou Joel; voltou para Didi, levou Didi o couro, rolou imediatamente para Joel que está pelo comando do ataque; volta até Zagallo pela ponta; encaminha-se Zagallo (...). Entregou para Mazzola espetacularmente, dominou, vai marcar: gooool do Brasil (...)."

Para ouvir as transmissões feitas pelo rádio na Copa de 1958 e os discos comemorativos da conquista, entre na plataforma *Spotify* (www.spotify.com) e busque o podcast "*O rádio nas Copas de 58 e 62*". Se preferir, baixe um leitor de *QR code* no seu celular e faça a leitura do código abaixo.

Europeus assistem ao mundial pela TV

Em 1958, as telecomunicações ainda engatinhavam no mundo que, ao contrário de hoje, pouco tinha de globalizado. Celular ou internet, nem pensar! Não havia transmissão via satélite pela televisão. Mesmo assim, os europeus assistiram ao mundial pela TV, pois a proximidade geográfica do continente facilitava o processo. No entanto, não era novidade para os europeus ligar a televisão e assistir a um jogo de Copa ao vivo. Em 1954, na Suíça, as imagens dos jogos chegaram a oito países e, quatro anos depois, foram onze as nações. No total, 27 países enviaram profissionais de televisão à Suécia. Lembrando que a primeira Copa ao vivo, via satélite, foi a 1970, quando 700 milhões de pessoas em mais de 60 países testemunharam o tricampeonato da seleção brasileira.

De volta a 1958, uma reportagem de *O Globo* explicava a compra dos direitos de transmissão pelas emissoras de TV em todo mundo: *"A Eurovision comprou os direitos para as transmissões diretas de vários jogos por milhões de coroas. Além da TV sueca e da Eurovision, como é lógico, estão aqui as estações da Dinamarca, BBC e a ITA, da Inglaterra, Flemish, dos Países Baixos, francesa, alemã e italiana. A TV Tupi, do Rio, comprou os filmes para exibição no Brasil, mas o contrato só permite a venda de dez minutos de cada encontro."*

Os jornalistas brasileiros que cobriram o mundial relatavam, com nítido entusiasmo, as transmissões da Copa pela televisão. Um repórter de *O Globo*, que, na época da Copa, encontrava-se em Paris, assistiu ao duelo da seleção canarinho contra os ingleses: *"Quando essa crônica for publicada, já terei visto, no mesmo café parisiense dos Inválidos, o match Brasil x Inglaterra. Como se estivesse na Suécia. A televisão francesa, com imagens de 980 linhas, oferece uma visão perfeita dos encontros de futebol. Dez milhões de espectadores europeus acompanham a Copa do Mundo em cafés, bares, cinemas e praças públicas. É a maravilha do século."*

O *Jornal do Brasil*, de 7 de junho de 1958, véspera do início da Copa, informava que a TV Sueca iria transmitir ao vivo os seguintes jogos: em 8 de junho, Suécia x México e Alemanha x Argentina; em 11 de junho, Brasil x Inglaterra; 12 de junho, Suécia x Hungria; 15 de junho, Suécia x País de Gales e Alemanha x Irlanda; 19 de junho, jogo das quartas de final (provavelmente Suécia x URSS); 24 de junho, jogo da semifinal (provavelmente Suécia x Alemanha); 28 de junho, disputa do terceiro lugar (França x Alemanha) e 29 de junho, final da Copa (Brasil x Suécia).

Em suma, os europeus assistiram a dez jogos ao vivo de um total de 35 partidas. Hoje a Copa é um espetáculo para a TV e só há coincidência de horários nos duelos da terceira rodada da primeira fase, quando são decididas as posições finais dos grupos. Em 1958, a FIFA ainda montava um calendário no qual a maioria das partidas era disputada de forma simultânea a cada rodada.

Emissoras brasileiras: disputa pelas imagens dos jogos

A TV brasileira tinha sido inaugurada em setembro de 1950 e o esporte, desde os primórdios da história televisiva do país, esteve presente na grade de programação. A pioneira Tupi foi também a primeira a transmitir um jogo ao vivo entre cidades: imagens de Santos chegaram a São Paulo. Já a Record, inaugurada em 1953, conseguiu a façanha de exibir uma partida do Rio de Janeiro para a capital paulista. À época prevalecia a determinação dos técnicos aliada a uma certa (em verdade, generosa) dose de improviso. Um exemplo um tanto quanto caricato ilustra essa situação: telas de galinheiro ajudaram a retransmitir as imagens via sinais de micro-ondas.

No dia 23 de novembro de 1957, entrou no ar pela TV Tupi o "Panair na Copa do Mundo", programa patrocinado pela companhia aérea. Com apresentação de Oduvaldo Cozzi, as entrevistas tinham grande repercussão. Uma nota publicada na *Revista do Rádio* tecia elogios: "*Programa que se recomenda aos 'fans' de futebol é o 'Panair na Copa do Mundo', que a TV Tupi vem apresentando. Numa das audições, Zizinho contou por que o Brasil perdeu em 1950: excesso de confiança, inclusive. Noutra, Leônidas da Silva explicou a nossa derrota em 1938: sua ausência [na semifinal contra a Itália], que descontrolou o time roubando-lhe a serenidade. Detalhes importantes têm sido focalizados corajosamente no programa, que é um dos melhores da TV carioca.*"

Em outra nota, publicada por *O Globo*, havia mais uma referência ao programa: "*Assistimos, na terça-feira última [15 de dezembro], ao excelente programa da série 'A Panair na Copa do Mundo', no qual Oduvaldo Cozzi vem abordando os principais problemas relacionados com a próxima exibição do 'football' brasileiro na Suécia, e apontando sugestões razoáveis para evitar um novo fiasco esportivo internacional. Nosso 'goal-keeper' Carlos Castilho [que seria reserva de Gylmar na Copa de 58], o juiz Gama Malcher, o presidente da Federação Paulista e as bolas suecas (maiores e mais pesadas), importadas pelo patrocinador do programa, foram as atrações que Cozzi manipulou com a sua eficiência habitual, neste excelente programa esportivo*". Um registro na edição de *O Jornal*, do Rio de Janeiro, de 22 de julho de 1958, portanto depois da conquista, indica que Oduvaldo

Cozzi mostrou aos telespectadores a taça *Jules Rimet*, que chegou ao estúdio guardada em uma caixa.

Ainda destacando a TV Tupi, a emissora teve "exclusividade" para exibir as imagens da Copa de 1958 no Brasil. Os *Diários Associados* pagaram cinco mil dólares aos organizadores. A *Sveriges Radio*, emissora estatal sueca, gravou partidas em "kinescópio" de 16 milímetros. O formato em filme era anterior ao videoteipe (usado pela primeira vez na Copa de 1962). A maior parte desse acervo se perdeu no tempo e são poucas as partidas do mundial de 1958 preservadas na íntegra. A maioria dos registros enviados ao Brasil continha apenas lances dos jogos.

Das seis partidas da seleção naquela Copa, somente a semifinal, contra a França, e a decisão, diante da Suécia, foram preservadas na íntegra. Mesmo assim, o primeiro tempo do jogo contra os franceses está incompleto, não mostra o gol de Didi, o segundo da seleção, marcado aos 39 minutos. No entanto, esse belíssimo gol foi registrado pelos cinegrafistas do filme oficial da FIFA, intitulado de *Hinein*.

No dia dia da Copa, os trechos dos jogos eram enviados para a sede da TV Tupi no Rio de Janeiro. O jornalista Rui Viotti, um dos grandes nomes do esporte televisivo do país, fazia comentários durante a exibição, diretamente dos estúdios no Rio de Janeiro. Oduvaldo Cozzi, que, como vimos, narrou os jogos pela Rádio Tupi, era polivalente e gravava reportagens para a televisão diretamente da Suécia. Ele viajou à Europa no mesmo avião dos jogadores da seleção e estava acompanhado dos cinegrafistas Ortiz Rúbio e Orlando Abreu.

O livro *50 anos de TV no Brasil*, de José Almeida Castro, traz uma curiosa passagem sobre um ocorrido com as imagens da estreia da seleção contra a Áustria. O filme, possivelmente com apenas trechos da partida, foi enviado ao Brasil, mas o carregamento não chegou à TV Tupi. "*No dia 11, era véspera do segundo jogo do Brasil na Copa [diante da Inglaterra] e nada havia chegado, para nosso desespero. A grande surpresa foi ver no ar um filme sobre o primeiro jogo [contra a Áustria] em nosso concorrente, a TV Rio*", conta José Almeida Castro. No pacote estava escrito: "Urgente TV Rio-Brasil". Ou seja: os funcionários do serviço postal do aeroporto no Rio de Janeiro, assim que o filme foi despachado, acharam que se tratava de uma encomenda para a TV Rio, canal 13, já que não havia qualquer referência à Tupi.

O dono da TV Rio, João Batista "Pipa" do Amaral, não pensou duas vezes ao ver aquele pacote em mãos: determinou para que as imagens fossem ao ar. A atitude, além de pegar de surpresa os executivos da concorrente Tupi, causou incômodo em Paulo Machado de Carvalho que era sócio e cunhado de "Pipa". O "Marechal da Vitória", ao saber que a TV Rio tinha exibido as imagens do jogo de estreia da seleção, ficou irritado, pois esperava que a emissora também as repassasse à Record de São Paulo. O troco em "Pipa" foi dado quando os jogadores retornaram ao Brasil, após a conquista. Como vimos, no desembarque no Rio de Janeiro, Paulo Machado de Carvalho não permitiu que a comitiva atendesse ao convite da TV Rio para uma recepção aos campeões. Pelo contrário: o "Marechal" autorizou que os atletas fossem à sede da revista *O Cruzeiro*, dos Diários Associados, de Assis Chateaubriand, proprietário da Tupi e concorrente da TV Rio.

Conforme relatado, a Tupi teve os direitos de exibir imagens da Copa no Brasil. Enquanto isso, a TV Rio enviou à Suécia um profissional marcado pela sua notória polivalência: era o jornalista, narrador e comentarista Luiz Mendes, um dos grandes nomes da história da imprensa esportiva brasileira. Mendes foi à Europa acompanhado do cinegrafista Augusto Rodrigues. Os dois entravam no estádio como se fossem torcedores e uma câmera Auricon ficava escondida em uma sacola em meio a sanduíches e refrigerantes. Depois do início do jogo, com o público entretido com o espetáculo, o cinegrafista gravava trechos pontuais dos duelos. A dupla, além de fazer de tudo para não ser vista por seguranças ou por outros colegas da imprensa, jamais poderia ser descoberta por Paulo Machado de Carvalho.

Assim como a Tupi, a TV Rio também apresentava um programa específico sobre o mundial disputado na Suécia. Batizada de "Copa do Mundo", a atração foi ao ar a partir de março de 1958. O narrador Raul Longras, o comentarista Benjamin Wright (pai do ex-árbitro José Roberto Wright) e o próprio Luiz Mendes compunham o telejornal.

Os jornais da época traziam o anúncio de que a TV Rio iria exibir o jogo entre Brasil e Inglaterra. Não há como saber se a emissora, que não tinha os direitos, fez a exibição da íntegra ou se levou ao ar apenas trechos da partida.

A COPA DO MUNDO PELA TV

HOJE, às 21h5m, pela TV-RIO – Canal 13, vejam o jôgo BRASIL x INGLATERRA, oferta especial de BOLADA AYMORÉ, PHILCO e PONTO FRIO.

Chamada publicada nos jornais
(acervo pessoal do autor)

Depois do incidente envolvendo a exibição do jogo de estreia contra a Áustria, a TV Tupi passou a receber corretamente o material das partidas. A emissora, aliás, instalou aparelhos de rádio na Cinelândia, no centro do Rio de Janeiro, e no dia da decisão da Copa aproveitou para colocar uma câmera no local. Quem sintonizou o canal seis no dia da grande final da Copa assistiu imagens diretas do centro do Rio de Janeiro e, ao mesmo tempo, ouviu, no próprio aparelho de televisão, a narração de Oduvaldo Cozzi feita pela Rádio Tupi.

O som ecoava pelo centro da então capital da República. Era um momento importante do esporte e também da televisão brasileira.

Chamada publicada nos jornais
(acervo pessoal do autor)

Cartão comemorativo pelo título de 1958
(acervo pessoal do autor)

11

Os homens de Feola

Um homem discreto, bonachão e que dava liberdade aos jogadores foi o responsável por comandar os primeiros vinte e dois campeões mundiais com a camisa da seleção brasileira: Vicente Ítalo Feola, ou, simplesmente Feola, como o treinador acabou por ficar conhecido. A revista *Manchete* traçava o seu perfil: "*Vicente Feola, técnico do selecionado brasileiro na VI Copa do Mundo, é um homem de poucas palavras e muita ação. Sóbrio e ponderado, respeita os jogadores e faz com que eles o respeitem. Severo, mas justo. Longe de fazer da concentração um regime de colégio interno, dá ao craque toda a possível liberdade. Os resultados dessa tática são mais que compensadores.*"

É sempre bom ressaltar que não há qualquer citação a desentendimentos ou excesso de vaidade por parte dos jogadores da seleção de 1958. Foi uma harmonia poucas vezes vista em uma equipe de futebol. Havia um diálogo franco e aberto entre os atletas e a comissão técnica. Os jogadores costumavam se reunir depois do almoço e trocavam ideias com Vicente Feola e Paulo Machado de Carvalho. Aliás, o cartola estimulava a autoconfiança do grupo e repetia à exaustão: "*vamos ganhar*". A média de idade da seleção de 1958 era de 24 anos.

A seguir um breve currículo de cada atleta, do treinador e do dirigente:

Gylmar dos Santos Neves (22.08.1930 - 25.08.2013) – camisa 03

O único goleiro titular da história do futebol mundial bicampeão em Copas (1958-1962) nasceu em Santos, em 1930. Gylmar, com Y, era seguro, tranquilo e gostava de defesas espetaculares, como as tradicionais "pontes". Considerado por muitos como o maior goleiro brasileiro em todos os tempos, ele começou a carreira defendendo as cores do Jabaquara. Depois, atuou por dez anos no Corinthians, sendo campeão paulista de 1954, no quarto centenário da cidade de São Paulo. Contudo, Gylmar dos Santos Neves marcaria época no Santos. Ao lado de Pelé, Coutinho, Jair, Pepe, Mengálvio, Dorval e tantos craques, foi bicampeão da Libertadores e do Mundial de Clubes, em 1962/1963. A IFFHS (Federação Internacional de História e Estatísticas do Futebol) o considera um dos vinte maiores goleiros da história do futebol mundial. Ficou quatro jogos inteiros sem sofrer gol na Copa e só foi vencido aos oito minutos do primeiro tempo contra a França.

Além do bicampeonato em 1958 e 1962, Gylmar jogou o mundial de 1966, na Inglaterra. Apelidado de "girafa", tinha 1,80 m de altura, padrão baixo para os goleiros atuais, mas considerado um bom porte para um arqueiro naquela época.

Djalma Santos (27.02.1929 - 23.07.2013) – camisa 4

Apesar de ter jogado apenas a final da Copa, o lateral direito é mais lembrado do que o titular De Sordi. Considerado um dos melhores do mundo na posição, o bicampeão Djalma Santos, nascido em Uberaba, Minas Gerais, era um dos veteranos da equipe vencedora na Suécia. Ele disputou as Copas de 54, 58, 62 e 66, e teve destaque na Portuguesa e na imortal "academia" do Palmeiras. Entrou em campo em quase 500 jogos com a camisa alviverde. Uma das armas de Djalma era cobrar o lateral com muita força para dentro da área: parecia um escanteio. Inúmeras publicações o consideram o melhor lateral direito do mundo. Djalma Santos encerrou a carreira no Atlético-PR e tornou-se treinador.

Hideraldo Luiz Bellini (07.06.1930 - 20.03.2014) – camisa 2

O primeiro brasileiro a erguer a *Jules Rimet* nasceu em Itapira, interior de São Paulo. Apesar de ser elegante e seguro na zaga, não titubeava em dar um chutão para frente quando necessário. A confiança de Feola no desempenho de Bellini o transformou em capitão do "escrete de ouro". Com passagens por Vasco, São Paulo e Atlético-PR, ele disputou as Copas de 1958, 1962 e 1966. Vale lembrar que na conquista do bicampeonato, no Chile, Bellini foi reserva de Mauro Ramos de Oliveira, o segundo capitão brasileiro a levantar a *Jules Rimet*. Em 58, Mauro era reserva de Bellini. A imagem dele está imortalizada em uma estátua em frente ao principal portão de acesso do estádio do Maracanã.

Orlando Peçanha de Carvalho (20.09.1935 - 10.02.2010) – camisa 15

Natural de Niterói, Rio de Janeiro, o quarto zagueiro Orlando teve destaque no Vasco, mas também marcou época no Boca Júniors, da Argentina (foi bicampeão no país). Na volta ao futebol brasileiro, jogou no Santos e encerrou a carreira no Vasco. Orlando não foi convocado para o mundial de 1962, mas voltou à seleção na Copa de 1966, na Inglaterra.

Nilton Santos (16.05.1925 - 27.11.2013) – camisa 12

Não é qualquer jogador que recebe o apelido de "enciclopédia do futebol". Nilton Santos conhecia todos os meandros dos gramados e, por ter características de atacante, pode ser considerado o primeiro lateral esquerdo ofensivo da história. O gol contra a Áustria é o maior exemplo disso. O bicampeão brilhou no Botafogo e na seleção brasileira. Em 1958, aos 33 anos, era um dos mais experientes do grupo. Nilton foi reserva na Copa de 1950 e titular nos três mundiais seguintes. Em 1962, no duelo contra a Espanha, o lateral usou da mais pura "malandragem":

ao cometer uma infração dentro da área, deu dois passos para fora da área e conseguiu ludibriar o árbitro. Nilton Santos é considerado pela FIFA o maior lateral esquerdo da história do futebol. O jogador tinha uma ligação quase que paternal com Garrincha. Padrinho de casamento de Mané, Nilton Santos era uma espécie de protetor do companheiro de Botafogo. Depois da morte do "gênio das pernas tortas", em 1983, Nilton passou a acender uma vela a cada data de aniversário do amigo.

Zito (08.08.1932 - 14.06.2015) – camisa 19

José Ely de Miranda, o Zito, era nascido em Roseira, no interior de São Paulo. Raçudo e brigador, fez parte do inesquecível esquadrão do Santos nos anos de 1950/1960. O volante começou a Copa na reserva, mas entrou em campo contra a União Soviética e não saiu mais. Também fez parte da seleção que conquistou o mundial de 1962, no Chile, e, inclusive, marcou o segundo gol na final contra a Tchecoslováquia na vitória por 3 a 1. Na opinião de Zito, o maior jogador do Brasil em 1958 foi Pelé e, por um simples motivo: "*Ele resolveu todos os nossos problemas*".[38] Zito admite que o pior momento que teve durante a Copa foi quando Piantoni passou a bola entre as pernas dele e marcou o segundo gol da França: "*Aquilo para mim foi vergonhoso*"[39], recordava-se dando risada. Zito deu a camisa que usou na final para o jornalista Orlando Duarte.

Didi (08.10.1928 - 12.05.2001) – camisa 6

Waldir Pereira, apelidado de Didi, é um dos monstros sagrados da história do futebol mundial. Considerado o melhor jogador da Copa de 1958, ele tinha uma visão ímpar de jogo, distribuía a bola como poucos e cobrava faltas como ninguém. Simplesmente soberbo. O chute "folha-seca" era a sua arma mortal e também a mais conhecida de seu vasto repertório. Dessa forma, Didi "derrubou" os goleiros do Peru, ainda nas eliminatórias, e

---

38. Depoimento ao documentário "1958: o ano em que o mundo descobriu o Brasil", 2008 (dir. José Carlos Asbeg).

39. Entrevista à ESPN Brasil (2008).

da França, na semifinal da Copa. Depois do empate sem gols contra a Inglaterra, Didi ficou preocupado com o destino da seleção no torneio: passou a dormir mal e a tomar vitaminas receitadas pelo médico Hilton Gosling. Felizmente as coisas melhoraram!

Nascido em Campos dos Goytacazes, no Rio de Janeiro, Didi marcou época no Botafogo, no Fluminense e ainda teve destaque no Real Madrid, da Espanha. Coube a ele o papel fundamental de tranquilizar os companheiros depois do gol sueco, logo no início da partida final. Disputou as Copas de 1954, 1958 e 1962. Depois de pendurar as chuteiras, treinou inúmeros clubes, nacionais e internacionais. Na Copa de 1970, Didi comandou a equipe do Peru que foi eliminada pela seleção brasileira nas quartas de final.

Garrincha (28.10.1933 - 20.01.1983) – camisa 11

Manuel Francisco dos Santos, ou simplesmente Garrincha, nome popular de um pássaro, é um dos gênios do futebol mundial e um dos jogadores mais folclóricos da história. Simplório, mas nem sempre tão ingênuo como muitos o rotulavam, Mané Garrincha, o "gênio das pernas tortas", assombrou o mundo em 1958. Para Garrincha, por vezes chamado de "Charlie Chaplin da bola", não importava o adversário, o futebol era simplesmente uma brincadeira. Ele tinha obsessão em driblar os marcadores. As constantes infiltrações nos joelhos, alcoolismo e dificuldades financeiras marcaram a sua carreira e a própria vida. O atleta, nascido em Pau Grande, no Rio de Janeiro, morreu cedo, aos 49 anos, em 1983. Mané, bicampeão mundial, jogou as Copas de 1958, 1962 e 1966. Entrou para as histórias do futebol brasileiro e mundial, sendo considerado um dos maiores ídolos do Botafogo, ao lado de Nilton Santos. Em São Paulo, teve uma discreta passagem pelo Corinthians, pois, na época, já enfrentava problemas físicos.

Vavá (12.11.1934 - 19.01.2002) – camisa 20

Edvaldo Izídio Neto, Vavá, nasceu em Recife, em 1934, e é um dos símbolos daquela seleção de 1958. Autor de cinco gols, acreditava em todas as bolas e não receava qualquer disputa, por mais viril que fosse, o que lhe rendeu os apelidos de "peito de aço" e "leão da Copa". Das seis partidas, Vavá não entrou em campo na estreia, contra a Áustria, e diante do País de Gales, nas quartas de final. O jogador teve um desentendimento com o técnico Feola em um treino na véspera da partida contra a França e temeu não ser escalado. Felizmente o treinador relevou o problema!

Vavá se destacou no Vasco e no Palmeiras. No exterior, jogou por clubes, como Atlético de Madrid e América do México. Na Copa de 1962, marcou quatro gols e também se destacou na conquista do bi.

Edson Arantes do Nascimento (Pelé) (23.10.1940) – camisa 10

O campeão mais jovem da história das Copas foi apresentado ao planeta em 1958. Aos 17 anos, o menino Pelé marcou seis gols no mundial e assombrou os torcedores e a imprensa com lances espetaculares. O Rei considera o gol contra o País de Gales o mais importante da carreira, pois, além de ser o primeiro de doze marcados nos quatro mundiais que disputou, classificou a seleção para a semifinal da Copa. Foi um gol importante para o amadurecimento do garoto. Pelé sempre destacou que, por ser muito jovem em 1958, não sentia tanto o peso da responsabilidade, ao contrário dos veteranos, como Didi e Nilton Santos, chamados por ele de "cobras da seleção". O Rei revelou ainda que, já na Suécia, tentou pedir dispensa da delegação[40], pois ainda não estava com o joelho totalmente recuperado.

Nascido em Três Corações, Minas Gerais, é filho de Dondinho, que também havia sido jogador de futebol e ensinou o ofício ao filho. Ainda nos anos 40, a família foi para Bauru, interior de São Paulo. Pelé começou a se destacar nos campos de várzea e passou a atuar pelo juvenil do BAC, Bauru Atlético Clube. Levado para o Santos pelo ex-atacante Waldemar de Brito, Pelé se consagrou no time da Vila Belmiro. Em 1962, no Chile, machucou-se no segundo jogo da seleção contra os tchecos e não mais entrou em campo. Em 1966, na Inglaterra, naufragou com a equipe brasileira, mas foi tricampeão em 1970, aliás o único a vencer a Copa três vezes como jogador. O título no México, aos 29 anos de idade, representou o

---

40. Entrevista à TV Cultura (1993).

coroamento definitivo do camisa 10. Depois de encerrar a carreira no Santos, em 1974, Pelé ainda atuou pelo Cosmos, de Nova Iorque, e ajudou a popularizar o futebol nos Estados Unidos. Ele marcou doze gols em Copas do Mundo, seis apenas em 1958.[41] Em 1980, o jornal francês *L'Équipe* lhe concedeu o título de "Atleta do Século". O jornalista Michel Laurence escreveu: *"Pelé é uma palavra que não quer dizer nada em língua alguma. Hoje, não há canto do mundo que desconheça o seu significado."*

Mário Jorge Lobo Zagallo (09.08.1931) – camisa 7

O alagoano Mário Jorge Lobo Zagallo é o homem mais vitorioso da história do futebol mundial, sendo o único a ganhar quatro Copas: foram duas como jogador (1958 e 1962), uma como técnico, em 1970, e outra como coordenador, em 1994. Como atleta, o ponta-esquerda vestiu as camisas do América-RJ, Flamengo e Botafogo. Raçudo, brigador e disciplinado taticamente, Zagallo foi um dos grandes destaques no título de 1958. O "formiguinha", como era chamado, atuava como um "operário", cobria as investidas de Nilton Santos pela esquerda e também ajudava no ataque. Sempre esbanjou fôlego e sua postura extremamente participativa em campo antecipou em muito o futebol que se praticaria anos mais tarde. Os atacantes também têm papel tático importante, inclusive na marcação.

Depois de encerrar a carreira, Zagallo virou treinador e teve passagens por Botafogo, Flamengo, Fluminense, Portuguesa e Vasco. Fora do país trabalhou na Arábia Saudita e Emirados Árabes. Ele comandou a seleção nas Copas de 1970, 1974 e de 1998. Em 2006, ao lado de Carlos Alberto Parreira, foi novamente coordenador técnico no mundial disputado na Alemanha. Na opinião do goleiro Gylmar, Zagallo era o jogador mais emotivo do time: *"Só faltou a chupetinha para ele."*[42]

---

41. Em 1962 e em 1966, Pelé marcou um gol em cada Copa. Em 1970, o Rei balançou as redes quatro vezes.

42. Entrevista à TV Cultura: programa Todas as Copas do Mundo (1974).

Castilho (27.11.1927 - 02.02.1987) – camisa 1

O goleiro carioca Carlos Castilho esteve em quatro Copas, de 1950 a 1962, mas só foi titular em 1954, na Suíça. É um dos maiores nomes da história do Fluminense. Ele defendeu o tricolor de 1946 a 1965 e disputou quase 700 jogos, um recorde. Castilho era considerado um goleiro de sorte e, por isso, recebeu o apelido de "leiteria", referência a uma pessoa afortunada. Era um destemido e amava o futebol acima de tudo. Certa vez, ao sofrer uma contusão na mão que lhe deixaria bastante tempo longe dos gramados, não titubeou: resolveu amputar a ponta de um dedo para se recuperar mais rápido e poder voltar a jogar pelo Fluminense. Durante a Copa, teve um gesto nobre: ajudou o titular da posição, Gylmar dos Santos Neves, a se preparar. Mais um exemplo da união do grupo.

De Sordi (14.02.1931 - 24.08.2013) – camisa 14

O lateral direito Nilton De Sordi, ou simplesmente De Sordi, esteve em campo em cinco jogos da seleção na Copa, ficando de fora justamente da final por causa de uma contusão. A ausência na finalíssima, contra a Suécia, fez com que fosse ofuscado por Djalma Santos, que apareceu na foto oficial do título. Anos mais tarde, o lateral revelou que propôs ao médico Hilton Gosling que fizesse uma infiltração em seu joelho machucado para que pudesse entrar em campo no jogo decisivo. Entretanto, a comissão técnica achou melhor não arriscar, já que não poderia substituí-lo no andamento da partida, caso tivesse algum problema.

Nascido em Piracicaba, interior paulista, De Sordi atuou com a camisa do São Paulo. Ele era bom marcador, fazia bem a cobertura, mas pouco se arriscava no ataque. Esteve somente na Copa de 1958.

Mauro (30.08.1930 - 18.09.2002) – camisa 16

Mauro Ramos de Oliveira, um dos maiores zagueiros da história do futebol brasileiro, foi reserva de Bellini em 1958, mas, em 1962, as posições se inverteram, e coube a ele erguer a *Jules Rimet* no bicampeonato, no Chile. Jogador clássico, nasceu em Poços de Caldas, Minas Gerais. É um dos maiores nomes da história do São Paulo e do Santos. Tinha o apelido de "Marta Rocha", nome da lendária Miss Brasil, em razão do estilo técnico dentro de campo e por se vestir bem fora dos gramados.

Zózimo (19.06.1932 - 21.09.1977) – camisa 9

O zagueiro baiano Zózimo Alves Calazans foi ídolo no Bangu, mas também teve passagens por Flamengo e Fluminense. Em 1958, ficou na reserva de Orlando. Por outro lado, quatro anos depois, formou a zaga titular da seleção brasileira ao lado de Mauro Ramos de Oliveira. Morreu precocemente em um acidente de carro, em 1977. O veículo dele, um Fusca, chocou-se contra um poste na Estrada do Mendanha, em Campo Grande, Rio de Janeiro.

Dino Sani (23.05.1932) – camisa 5

Natural da capital paulista, um dos melhores volantes do futebol brasileiro fez história no São Paulo e no Corinthians e, fora do Brasil, jogou no Milan, da Itália, e no Boca Juniors, da Argentina. Depois de encerrar a carreira, virou treinador e comandou dezenas de clubes nacionais e internacionais. Na Copa de 1958, a única que disputou na carreira, Dino Sani entrou em campo contra a Áustria e a Inglaterra, mas perdeu a posição para Zito depois de se contundir durante uma atividade na véspera da partida contra a URSS.

Oreco (13.06.1932 - 03.04.1985) – camisa 8

Oreco era o apelido de Valdemar Rodrigues Martins, jogador que atuava como lateral esquerdo. Gaúcho de Santa Maria, destacou-se no Inter-RS e no Corinthians. Atuou ainda pelo Millonarios (Colômbia), Toluca, (México), e Dallas Tornado (Estados Unidos). Na Copa, foi reserva de Nilton Santos. Oreco teve um afundamento de malar em um jogo treino, em Hindas, contra um selecionado local, depois de ser atingido por uma cotovelada. Ficou fora da seleção de 1962 por causa de uma contusão. Morreu em 1985, aos 52 anos, ao sofrer um infarto durante uma partida disputada entre veteranos.

Moacir (18.05.1936) – camisa 13

Moacir Claudino Pinto nasceu em São Paulo, mas teve destaque no futebol carioca. Vivia em um orfanato quando foi levado para o Rio de Janeiro, onde iniciou a carreira no Flamengo. Ele se destacou ainda no River Plate, da Argentina, e no Peñarol, do Uruguai. Nos treinos em Poços de Caldas e Araxá, o técnico Feola chegou a colocá-lo no lugar de Didi. O físico franzino, no entanto, não o ajudou a se firmar na posição e ele acabou na reserva.

Joel (23.11.1931) – camisa 17

O carioca Joel Antônio Martins era um bom ponta-direita, mas não tinha como competir com Mané Garrincha. Com passagens por Botafogo, Flamengo, Valência (Espanha) e Vitória, ele entrou em campo contra a Áustria e Inglaterra, mas perdeu a posição para Mané. Nem por isso, deixou de "trabalhar" para o grupo. Joel virou o "barbeiro" oficial da seleção, dando mais uma amostra de que naquela seleção vaidade e estrelismo não tinham mesmo qualquer espaço.

Mazzola (24.07.1938) – camisa 18

José João Altafini, apelidado de Mazzola (homenagem a Valentino Mazzola), atuou em três jogos da Copa de 1958: Áustria, Inglaterra e País de Gales e marcou dois gols. Nascido em Piracicaba, interior paulista, sofreu pressões da imprensa por causa da negociação com o Milan que estava em andamento durante a Copa. Além do Milan, Mazzola passou por outros clubes italianos, como Napoli e Juventus. Em 1962, por também ter cidadania italiana, Altafini jogou a Copa com a camisa da *Squadra Azzurra*. A FIFA ainda não impedia que um atleta pudesse disputar a competição por seleções diferentes. Perguntado uma vez sobre o responsável pela conquista de 1958, Mazzola não titubeou em afirmar que *"Garrincha era a cereja do bolo"*.[43] O jogador também nunca deixou de reconhecer que Vavá era mais experiente do que ele e estava em melhores condições no mundial, sendo justa a sua titularidade.

Dida (26.03.1934 - 17.09.2002) – camisa 21

O meia Edvaldo Alves de Santa Rosa, apelidado de Dida, nasceu em Maceió, começou a carreira no CSA e marcou época no Flamengo. Na Copa, deveria ser reserva de Pelé desde o início, mas como o camisa 10 se machucou no amistoso contra o Corinthians, no Pacaembu, Dida participou da estreia contra a Áustria. No entanto, o jogador sofreu uma contusão no tornozelo e não entrou mais em campo. A imprensa chegou a afirmar que Dida teria pedido para voltar ao Brasil, ainda quando a seleção se preparava na Itália. O jogador se ressentia de dores em uma antiga fratura no pé. Reportagem da revista *Manchete* o criticava de forma contundente: *"Dida não é um homem para atuar na Europa. Seu físico pouco favorecido foi pouco útil a um homem de área. Dida é temperamental. Caso não acerte nas primeiras manobras, não se recupera."*

Pepe (25.02.1935) – camisa 22

José Macia, conhecido como Pepe, é um dos maiores ídolos da história do Santos. Chamado de "canhão da Vila", é vice-artilheiro do clube com 405 gols, atrás apenas de Pelé. Foi bicampeão da Libertadores e do Mundial de Clubes (1962-1963). Com a camisa da seleção, o ponta-esquerda esteve nas campanhas vitoriosas de 1958 e de 1962, mas foi reserva de Zagallo nas duas Copas.

Vicente Feola (01.11.1909 - 06.11.1975)

Vicente Ítalo Feola foi escolhido para comandar a seleção faltando quatro meses para a estreia na Copa. Apesar das desconfianças da im-

---

43. Depoimento ao documentário "1958: o ano em que o mundo descobriu o Brasil", 2008 (dir. José Carlos Asbeg).

prensa, pois jamais esteve entre os cotados para o cargo, o treinador deu conta do recado e com sobras. Discreto e pouco afeito a exibicionismos, tinha o respeito dos atletas. De acordo com a revista *Manchete*, Feola, nascido na capital paulista, jogou bola no Colégio Coração de Jesus nos anos 20. Começou a carreira como técnico em 1935, no Sírio Libanês, e, no ano seguinte, esteve na Portuguesa Santista. Em 1937, Feola foi para o São Paulo e comandou o tricolor paulista em mais de quinhentos jogos. Com a seleção brasileira, o técnico tem no currículo 74 jogos, 54 vitórias, 12 empates e 8 derrotas. Depois da Copa, Feola continuou no comando da equipe nacional até 1960, quando aceitou um convite para treinar o Boca Juniors e foi substituído por Aymoré Moreira. A passagem pelo futebol argentino durou oito meses e Feola retornou à seleção, mas como supervisor técnico. No entanto, semanas antes do embarque para o Chile, o técnico teve problemas de saúde e não participou do bicampeonato. Voltou a treinar o Brasil na fracassada campanha em 1966, na Inglaterra.

Paulo Machado de Carvalho (09.11.1901 - 07.03.1992)

O chefe da delegação brasileira era nascido na capital paulista e desde jovem esteve ligado às agremiações esportivas, como o Clube Atlético Paulistano. Apaixonado por futebol, construiu toda carreira de dirigente no São Paulo Futebol Clube, sendo duas vezes presidente nos anos 40. Depois, assumiu o Departamento de Futebol. Como tinha um bom trânsito com a cartolagem do Rio de Janeiro, foi vice na chapa de João Havelange no comando da CBD, em 1958, e, naquele ano, chefiou a delegação brasileira na Copa. Com o título na Suécia, permaneceu no cargo e repetiu o trabalho vitorioso em 1962, no Chile. Em 1966, desentendeu-se com Havelange e não esteve no mundial, disputado na Inglaterra.

Durante a juventude, estudou na Suíça, mas acabou por retornar ao Brasil e se formou na prestigiada Faculdade de Direito do Largo São Francisco. Paralelamente às atividades no futebol, comprou a Rádio Record, em 1931, e criou a Associação das Emissoras de São Paulo. O negócio foi crescendo e ele adquiriu a Rádio Panamericana, em 1944, e a transformou na "Emissora dos Esportes". A emissora continua com a família Carvalho até hoje.

Em 1953, inaugurou a TV Record e se tornou um dos pioneiros da televisão no Brasil, formando a Rede de Emissoras Unidas e a Rede de Emissoras Independentes. A TV Record marcou época com programas inesquecíveis, como Família Trapo e Jovem Guarda, além dos festivais de música, nos anos 60.

Desde 1961, Paulo Machado de Carvalho dá nome a um dos estádios mais tradicionais de São Paulo: o Pacaembu, inaugurado em 27 de abril de 1940. O cartola era um homem supersticioso. Além de vestir sempre um terno marrom, tinha fixação pelo número sete. O ex-governador de São Paulo, Laudo Natel, em um depoimento em razão da morte de Paulo Machado de Carvalho, em 1992, recordou-se do curioso fato: *"Ele batia ponto às sete horas. A TV Record era o canal sete. E, infelizmente, ele veio a falecer em um dia sete."*

Paulo Machado de Carvalho (à direita), ao lado da esposa e do neto Paulito
(Acervo Paulo Machado de Carvalho Neto)

Cartaz oficial da Copa de 1958 (FIFA)

Resultados, classificação e curiosidades da Copa de 1958

Copa do Mundo de 1958 – Suécia – de 8 a 29 de junho

Grupo 1	Grupo 2
08.06 Alemanha 3 x 1 Argentina - Malmö	08.06 Iugoslávia 1 x 1 Escócia - Västeras
08.06 Irlanda do Norte 1 x 0 Tchecos - Halmstad	08.06 França 7 x 3 Paraguai - Norrköping
11.06 Argentina 3 x 1 Irlanda do Norte - Halmstad	11.06 Paraguai 3 x 2 Escócia - Norrköping
11.06 Alemanha 2 x 2 Tchecos - Helsingborg	11.06 Iugoslávia 3 x 2 França - Västeras
15.06 Tchecos 6 x 1 Argentina - Helsinborg	15.06 França 2 x 1 Escócia - Örebro
15.06 Alemanha 2 x 2 Irlanda do Norte - Malmö	15.06 Paraguai 3 x 3 Iugoslávia - Eskilstuna
17.06 Irlanda do Norte 2 x 1 Tchecos - Malmö	
Grupo 3	**Grupo 4**
08.06 Suécia 3 x 0 México - Estocolmo	08.06 Inglaterra 2 x 2 URSS - Gotemburgo
08.06 Hungria 1 x 1 País de Gales - Sandviken	08.06 Brasil 3 x 0 Áustria - Uddevalla
11.06 México 1 x 1 País de Gales - Estocolmo	11.06 Brasil 0 x 0 Inglaterra - Gotemburgo
12.06 Suécia 2 x 1 Hungria - Estocolmo	11.06 URSS 2 x 0 Áustria - Borås

15.06 Suécia 0 x 0 País de Gales - Estocolmo	15.06 Áustria 2 x 2 Inglaterra - Boräs
15.06 Hungria 4 x 0 México - Sandviken	15.06 Brasil 2 x 0 URSS - Gotemburgo
17.06 País de Gales 2 x 1 Hungria - Malmö	17.06 URSS 1 x 0 Inglaterra - Gotemburgo
Quartas	**Semifinal**
19.06 França 4 x 0 Irlanda do Norte - Norrköping	24.06 Brasil 5 x 2 França - Estocolmo
19.06 Alemanha 1 x 0 Iugoslávia - Malmö	24.06 Suécia 3 x 1 Alemanha - Gotemburgo
19.06 Suécia 2 x 0 URSS - Estocolmo	**3° lugar**
19.06 Brasil 1 x 0 País de Gales - Gotemburgo	28.06 França 6 x 3 Alemanha - Gotemburgo
Final	
29.06 - Brasil 5 x 2 Suécia - Estocolmo	

Classificação final

	Seleção	Jogos	Vitórias	Empates	Derrotas	Gols-Pró	Sofridos	Saldo	Pontos*
1°	Brasil	6	5	1	0	16	4	12	12
2°	Suécia	6	4	1	1	12	7	5	9
3°	França	6	4	0	2	23	15	8	8
4°	Alemanha	6	2	2	2	12	14	-2	6
5°	Gales	5	1	3	1	4	4	0	5
6°	URSS	5	2	1	2	5	6	-1	5
7°	Irlanda	5	2	1	2	6	10	-4	5
8°	Iugoslávia	4	1	2	1	7	6	1	4
9°	Tchecos	4	1	1	2	9	5	4	3
10°	Hungria	4	1	1	2	7	5	2	3
11°	Inglaterra	4	0	3	1	4	5	-1	3
12°	Paraguai	3	1	1	1	9	12	-3	3
13°	Argentina	3	1	0	2	5	10	-5	2
14°	Escócia	3	0	1	2	4	6	-2	1
15°	Áustria	3	0	1	2	2	7	-5	1
16°	México	3	0	1	2	1	8	-7	1

* Cada vitória valia dois pontos.

Artilharia: Just Fontaine (França), com 13 gols, seguido por Pelé (Brasil) e Rahh (Alemanha), com 6, e Vavá (Brasil) e McParland (Irlanda do Norte), com 5.

Total: 126 gols (35 partidas).

Expulsões: Sipos (Hungria) e Juskowiak (Alemanha).

Pênaltis: foram marcadas nove penalidades; sendo que duas acabaram desperdiçadas. Não houve arbitragem brasileira na Copa.

A Taça do Mundo é nossa

O troféu erguido por Hideraldo Luís Bellini foi desenhado pelo escultor francês Abel Lafleur, amigo de Jules Rimet, terceiro presidente da FIFA (fundada em 1904) e que idealizou a Copa do Mundo, em 1930. A taça tinha 30 cm de altura, pesava 3,8 kg (sendo 1,8 kg de ouro maciço) e representava a figura alada de Nice, deusa grega da vitória. Pelo regulamento, quem fosse campeão três vezes ficaria com a posse definitiva. O troféu só recebeu o nome de Jules Rimet em 1946.

Depois da conquista do bicampeonato pela Itália, em 1934 e 1938, o troféu ficou escondido durante a Segunda Guerra. O dirigente italiano Ottorino Barassi guardou a taça dentro de casa, em uma caixa de sapatos, para evitar que a estatueta caísse nas mãos dos nazistas e tivesse o ouro derretido. Em 1954, os alemães, campeões daquele ano, foram autorizados a trocar a base do troféu para uma de mármore, que passaria a ter o nome dos países vencedores grafados em pequenas placas. Às vésperas da Copa de 1966, na Inglaterra, a *Jules Rimet* estava em exposição em Londres, quando desapareceu misteriosamente. O sumiço mobilizou as autoridades de segurança e envolveu, até mesmo, a *Scotland Yard*. Uma semana depois, um cachorro chamado Pickles encontrou o troféu em um jardim londrino e virou herói nacional. A taça estava embrulhada em jornais; um suspeito foi preso.

Quatro anos depois, o Brasil conquistou o tricampeonato mundial e ficou com o troféu em definitivo. Em dezembro de 1983, a *Jules Rimet* foi roubada da sede da CBF, no Rio de Janeiro, e provavelmente acabou derretida por um comerciante de ouro argentino. Um detalhe anedótico ilustra essa triste história: a taça original estava exposta em um vitral que continha poucos requisitos de segurança, enquanto que a cópia "repousava" tranquilamente no cofre da Confederação.

Vexame mundial.

1958 *versus* 1970

Os fãs de futebol gostam de imaginar como seria um confronto entre as seleções de 1958 e de 1970. Qual das duas ganharia? Qual era a melhor? Essa é uma discussão interminável entre os cronistas esportivos e os torcedores. As duas equipes foram campeãs de forma invicta, com uma leve vantagem para a do tricampeonato, que venceu todos os seis jogos, marcou 19 gols e sofreu 7. A seleção de 1958 ganhou cinco partidas e empatou outra: balançou as redes 16 vezes e foi vencida apenas 4 vezes. No documentário *Isto é Pelé* (Globo Vídeo, 1974), o Rei do futebol ressalta que os valores individuais de 1958, principalmente no setor defensivo, eram melhores. No entanto, como conjunto, a seleção vitoriosa, no México, supera a de 12 anos antes, pelo menos na opinião do ex-atleta. Mas como seria ter dois "Pelés" em um mesmo jogo: um com 17 anos e outro com 29? Claro que as duas equipes tinham virtudes e defeitos, como qualquer time de futebol, mas ambas entraram para a história como vencedoras.

Primeira ou segunda vez na final?

O jogo entre Brasil e Suécia deve ser considerado a primeira ou a segunda vez em que a seleção nacional chegou a uma decisão de Copa? Tecnicamente, a partida contra o Uruguai, em 1950, não foi uma final, pois a Copa de 1950 é a única da história em que a FIFA não promoveu uma decisão com duas seleções classificadas a partir das semifinais. Brasil, Uruguai, Espanha e Suécia participaram de um quadrangular e a equipe que somasse mais pontos seria campeã mundial. Tanto é que no mesmo horário de Brasil x Uruguai, no Maracanã, enfrentavam-se Suécia x Uruguai, no Pacaembu. Vale lembrar, também, que um empate poderia garantir o título aos brasileiros. Já em 1958, Brasil e Suécia chegaram à finalíssima depois de se classificarem na fase semifinal da competição.

Caça-níquel

A revista *O Cruzeiro* nos conta que a seleção não aceitou fazer um amistoso em Madrid, depois da conquista da Copa. O jogo renderia 30 mil dólares à Confederação Brasileira de Desportos. A publicação não informa, no entanto, qual seria o adversário.

No cinema errado

O livro *Marechal da Vitória*, de Tom Cardoso, traz uma história envolvendo Vavá. Em Poços de Caldas, no salão nobre do Palace Hotel, a Comissão Técnica iria exibir à noite filmes sobre a concentração do Brasil na Suécia e os locais em que a seleção ficaria na Itália, palco dos amistosos preparatórios. Antes da projeção, o centroavante brasileiro simplesmente sumiu. Quando o supervisor Carlos Nascimento já estava cogitando dar uma reprimenda em Vavá, o jogador subitamente apareceu. Ele tinha entendido que o filme seria exibido em um cinema no centro de Poços de Caldas, mas, como não encontrou ninguém, retornou ao Palace Hotel.

Com carro, mas sem carta

Na sua autobiografia, escrita em 2006, Pelé conta que, depois do título, foi à uma recepção em Bauru, no interior de São Paulo, e ganhou uma Romi-Isetta, um "microcarro". O problema é que Pelé só faria 18 anos em 23 de outubro de 1958. Como não tinha carta, o garoto deu o veículo para o pai, Dondinho, com a condição de voltar depois a Bauru para pegar o automóvel, quando atingisse a maioridade.

O quarto do Rei

O Tourist Hotel, em Hindas, ainda existe e a numeração dos quartos é a mesma de quando a seleção ficou hospedada. Até hoje, a habitação mais concorrida entre os turistas é a de número 410, que hospedou Pelé. Todos os quartos têm vista para o lago.

O Tiradentes do Brasil

O dentista Mário Trigo extraiu 133 dentes de 33 jogadores da seleção que se reuniram na fase preparatória em Poços de Caldas e Araxá. Em entrevista à Jovem Pan, ele revelou que Pelé, Djalma Santos, Nilton Santos e Bellini eram os atletas com a dentição mais perfeita do grupo. No entanto, Mário Trigo não estava lá apenas para extrair dentes, como revelava Paulo Machado de Carvalho: "*O tranquilizante chamava-se Mário Trigo. Ele era um sujeito muito alegre, um grande contador de anedotas. Quando o clima estava um pouquinho tenso, a gente punha o Mário Trigo a falar. (...) Não tivemos tensão nunca*". Mário Trigo era um piadista nato e contribuiu para o bom ambiente na seleção.

Elegância fora de campo (parte um)

A revista *O Cruzeiro* informa que os jogadores da Áustria trouxeram o mais bonito uniforme de passeio: terno creme em tecido de meia-estação. A roupa foi fabricada por uma alfaiataria italiana de Viena. Ainda sobre os austríacos, o único jogador que levou a esposa para a Suécia, dentre todas as seleções, foi Gerhard Hanappi, mas com uma condição: hotéis separados e comunicação apenas por carta! A FIFA também recomendou aos árbitros para que não levassem as esposas para a Suécia.

Elegância fora de campo (parte dois)

Antes do embarque dos jogadores brasileiros à Suécia, os blazers marrons que seriam usados pelos atletas nos deslocamentos foram enviados para a casa de Paulo Machado de Carvalho, na capital paulista. No entanto, os escudos da CBD não estavam costurados. A tarefa coube, então, à esposa do futuro "Marechal da Vitória", Maria Lúcia.

Desfalques soviéticos

O comando técnico da URSS dispensou três jogadores antes do embarque para a Suécia. Eduard Streltsov, um dos grandes centroavantes soviéticos, fugiu da concentração para se encontrar com uma fã. Dois meses antes, ele tinha sido suspenso por causa do consumo de bebida alcoólica. A imprensa de Moscou o chamava de "*center-vodka*". Outros dois atletas que o ajudaram no plano de fuga, também foram punidos. Eduard Streltsov também foi acusado de estupro e ficou um período na prisão. Anos mais tarde, depois de retomar a carreira, ele passou a ser chamado de "Pelé russo".

De baixo para cima: Mário Trigo, Nilton Santos e Djalma Santos
(*Fundo Correio da Manhã*/Acervo Arquivo Nacional)

Lágrimas de alegria?

O jornalista Paulo Planet Buarque, que estava no Estádio Rasunda no dia da final da Copa, conta que começou a chorar de emoção depois do apito final do árbitro. Ao seu lado, uma moça, que não era brasileira, perguntou por que ele estava chorando, já que o Brasil tinha sido campeão?

Não viu o gol

O rei Gustavo Adolfo esteve no gramado do Estádio Rasunda para acompanhar a cerimônia que antecedeu a finalíssima entre Brasil e Suécia. Depois, ele se dirigiu para a tribuna de honra do estádio, de onde assistiria ao jogo. Sua majestade ainda se deslocava quando Lidholm abriu o placar para a Suécia. O rei não viu o gol!

Caravana tupiniquim

Cerca de 60 peregrinos brasileiros vindos de Lourdes, Portugal, foram assistir à estreia da seleção nacional na Copa. O arcebispo de São Paulo estava junto e, depois da partida contra a Áustria, deu a bênção aos jogadores.

Já o arquiteto brasileiro Homero Leite, que estudava na França, viajou de vespa de Paris até Uddevalla, também para acompanhar o duelo.

Ano eleitoral

Os repórteres da revista *O Cruzeiro* notaram o clima de eleições legislativas na Suécia. Um cartaz trazia a seguinte frase: "*Se você é a favor de um Campeonato do Mundo em ordem, dê voto ao partido Untel.*"

Jovem poliglota

O chefe de imprensa da Federação Sueca de Futebol era um garoto prodígio, pois falava, além da língua materna: francês, inglês, espanhol, italiano, romeno, dinamarquês, alemão, norueguês e russo. De acordo com *O Cruzeiro*, Juan da Silva tinha apenas 29 anos!

A camisa do Rei

A camisa que Pelé usou na final da Copa de 1958 foi vendida em um leilão promovido pela Christie's, em Londres, no ano de 2004. O valor chegou a 59.000 libras, abaixo da estimativa de 70.000. A camisa pertencia a um museu de Alagoas. Com dificuldades financeiras, o Museu de Esportes Edvaldo Santa Rosa (nome do ex-jogador Dida), foi obrigado a vender a relíquia.

Chapéu do Mané

Quando a seleção estava na Itália, Garrincha resolveu comprar um chapéu para o pai. O jogador, temendo que o acessório pudesse amassar dentro da mala, resolveu colocá-lo na cabeça. O supervisor Carlos Nascimento pediu para que Garrincha não usasse o chapéu, por não fazer parte da vestimenta do grupo. Entretanto, os relatos da imprensa indicam que Mané não acatou a determinação.

Imagens em cores

Já havia filme em cores em 1958, mas, infelizmente, os registros dos jogos da Copa, na Suécia, são todos em preto e branco. O filme oficial da FIFA, que retrata a conquista brasileira, traz imagens preciosas das partidas, dos atletas, dos torcedores e das cidades que receberam os duelos. Recentemente, surgiram imagens em cores, provavelmente gravadas por torcedores nas arquibancadas. No entanto, são trechos esparsos, imagens distantes e tremidas, sem nenhum registro de gol. Pelo menos, é possível ver a camisa azul da seleção brasileira utilizada na final e Gylmar dos Santos Neves dando cambalhotas de alegria em pleno gramado, assim que o árbitro apitou o final do jogo.

Ângulo oposto

O gol antológico de Pelé contra a Suécia, o terceiro da seleção, pode ser visto no *YouTube* (NEW ANGLE- "Chapéu" Goal vs Sweden-1958) por um ângulo oposto ao normalmente visto nos filmes. É possível observar com mais nitidez como o Rei matou a bola no peito, deu um "chapéu" no adversário e depois "fuzilou" o goleiro.

Mais imagens

No dia 11 de agosto de 1993, uma reportagem da *Folha de S. Paulo* deixou em êxtase os fãs de futebol: "*TV mostra imagens inéditas da conquista da Copa de 1958*". A televisão a cabo engatinhava no Brasil e a Globosat localizou, na Europa, um filme da final da Copa do Mundo com duração de 50 minutos: "*O filme – silencioso e preto e branco – naturalmente não registra o que Didi disse aos companheiros enquanto carregava a bola, lentamente para o grande círculo. Mas ele conta: 'Não adiantava afobar. Vi que o pessoal estava meio apavorado [por ter sofrido o gol], e não era hora daquilo'*". A reportagem, escrita pelo jornalista João Máximo, explicava que o filme a ser exibido naquela noite pelo canal Top Sport, às 21h30, era inédito, pois as emissoras brasileiras, desde a conquista de 1958, limitavam-se a levar ao ar trechos da final. A Globosat convidou Nilton Santos para fazer comentários sobre o jogo e os gols eram ilustrados com as narrações de Pedro Luiz e Edson Leite, da Rádio Bandeirantes. Esse mesmo material foi exibido semanas depois no programa Grandes Momentos do Esporte, da TV Cultura. Com a chegada da internet, uma versão completa do duelo foi disponibilizada na rede e atualmente pode ser vista de forma gratuita no *YouTube*.

Mandamentos na seleção

Antes da Copa, uma cartilha com mais de 40 itens foi entregue aos jogadores da seleção, como: apresentar-se sempre barbeado e penteado, atender recomendações dos árbitros, não gesticular ou dirigir a palavra à arbitragem, comparecer aos jogos e treinos (mesmo quando não tiver escalado), não frequentar lugares como casa de jogos, cabarés, *dancings*, etc., não atender a pedido de listas ou donativos para quaisquer fins e não fazer algazarras com instrumentos musicais. O técnico Vicente Feola determinava aos jogadores que, durante os treinos e as partidas, colocassem a camisa para dentro dos calções. Meias levantadas também era um item obrigatório.

Viva à disciplina!

A corrida que deu empate

Paulo Machado de Carvalho sugeriu a Mário Trigo promover uma atividade na concentração com o objetivo de entreter os jogadores. O dentista teve a ideia de organizar uma corrida entre o massagista Mário Américo e o roupeiro Assis e pediu ao dirigente uma nota de cem dólares que seria dada ao vencedor. Assis, que era campeão de corridas, ganhou a disputa, mas não levou a bolada toda para casa, pois tinha combinado com Mário Américo que o dinheiro seria dividido, independentemente do vencedor. Melhor para o massagista, que dificilmente ganharia a parada. Aliás, Mário Américo era chamado de "pombo-correio", pois, durante os jogos, levava aos atletas mensagens do técnico Feola.

Chiquinho desaparecido

A companhia aérea Panair tinha uma mascote chamada Chiquinho. Era um boneco vestido com o uniforme da empresa. Na volta para casa, a tripulação presenteou os jogadores brasileiros com o boneco, que acabou sumindo durante a passagem da seleção pela redação de *O Cruzeiro*. O sumiço ganhou ampla repercussão. Uma pessoa que trabalhava na revista encontrou a mascote dias depois e o "troféu" foi entregue a Hilda Christina Costa Bastos, que trabalhava na Confederação Brasileira de Desportos. Uma foto de Pelé segurando Chiquinho foi publicada em *O Cruzeiro* com a seguinte legenda: "*Como no milagre de Gepeto, que simboliza todo o desejo infantil: ver seu Pinocchio falar, andar, tomar jeito de gente.*"

Deus salve Gales

Antes do duelo entre Brasil e Inglaterra, o cerimonial no estádio executou, como era de se esperar, o hino nacional britânico: "*God Save the Queen*" (Deus salve a rainha). No entanto, o mesmo hino foi tocado antes do jogo da seleção brasileira com o País de Gales. A informação é da revista *O Cruzeiro,* que não informa se houve algum erro dos organizadores, pois Gales, mesmo sendo uma nação constituinte do Reino Unido, tem hino próprio: "*Hen Wlad Fy Nhadau*" (Antiga pátria de meus pais).

Cachorro com linguiça

O técnico do pentacampeonato em 2002, Luiz Felipe Scolari, deu uma declaração que revoltou os jogadores de 1958 e 1962. Em 2001, depois de uma vitória contra o Chile, pelas eliminatórias, Felipão foi questionado sobre o futebol apresentado pela seleção. O treinador afirmou que quando o Brasil conquistou o bicampeonato era mais fácil jogar bonito e, com aparente desprezo, afirmou que naquela época *"cachorro era amarrado com linguiça"*, como se o futebol do passado fosse algo ultrapassado. Alguns jogadores se sentiram ofendidos, mas Luiz Felipe Scolari não pediu desculpas.

Quanta ignorância!

É só o Quarentinha!

Quarentinha era um hábil centroavante do Botafogo, colega de Garrincha. De acordo com Nilton Santos, Mané passou por um psicotécnico aplicado por João Carvalhaes. O "Freud da seleção", como o profissional era chamado pela imprensa, pediu para o jogador fazer um desenho qualquer. Garrincha rabiscou um triângulo com dois braços e duas pernas. O psicólogo perguntou o que aquela imagem significava e o atleta explicou: *"Não quer dizer nada, não, doutor. É só o Quarentinha"*. Nilton Santos tinha feito o psicotécnico antes de Garrincha e alertou o professor Carvalhaes sobre Garrincha, dizendo que ele poderia não se dar bem naquele teste, mas batia um bolão dentro de campo! Depois do título, na volta olímpica, o psicólogo disse a Nilton Santos: *"Garrincha é aquilo tudo e muito mais."*

O rádio que só transmitia em sueco

Uma das histórias mais famosas e pitorescas que envolvem Garrincha é sobre um rádio que ele teria comprado na Suécia. O massagista Mário Américo, interessado no aparelho, fez uma brincadeira com Mané e disse que o rádio não iria funcionar no Brasil, pois só transmitia programas em sueco. Diante disso, o massagista comprou o equipamento por um valor mais baixo do que Garrincha tinha pago. Essa história foi exaustivamente contada, principalmente pelo dentista Mário Trigo, que era um piadista e gostava de "taxar" Mané como ingênuo. No entanto, nada disso aconteceu. Garrincha nunca pensou que um rádio fabricado na Suécia só sintonizaria as emissoras locais. No livro *Estrela Solitária*, Ruy Castro conta que, em 1955, foi Garrincha que fez a brincadeira com Hélio, jogador do Botafogo, apelidado de "Boca de Caçapa". A história teria se dado em uma excursão do time carioca pela Europa. Hélio comprou um aparelho de rádio na Dinamarca e foi alvo da brincadeira de Mané.

Uma outra lenda que Ruy Castro tenta desfazer é sobre o suposto tratamento dado pelo ponteiro aos marcadores dele. "*É o último João do Maracanã*", diziam os narradores esportivos, depois que Garrincha driblava mais um adversário. Chamá-los de João ou José seria uma forma de Garrincha não tomar conhecimento dos adversários, já que para ele o mais importante era simplesmente driblá-los. Mas Ruy Castro salienta que Mané nunca se referiu aos marcadores como João ou José. Isso seria invenção da imprensa. No entanto, a revista *Manchete* dizia o seguinte: "*Para ele [para Garrincha] todo mundo é 'Zé', o que quer dizer, Garrincha não acredita em ninguém*". Garrincha teria declarado à publicação: "*Mas isso não é por desrespeito, não, é o meu modo de ser. Um homem da roça tem outra concepção de vida e de ponto de vista. Se eu tiver medo dos meus marcadores, estarei perdido.*"

Para Garrincha, qualquer time adversário que vestia camisas brancas, como a Áustria e a Inglaterra, era o São Cristóvão, do Rio de Janeiro. São histórias que viraram lendas!

Publicidade nos estádios

A Copa de 1958 foi praticamente a primeira em que placas de propaganda foram colocadas nos estádios. Assistindo aos filmes dos jogos, é possível observar a publicidade paga por grandes empresas, como Philips, Telefunken e DUX TV. Uma outra placa chamava a atenção: "*Oscaria - skor och strumpor för hela familjen*". Traduzindo para o português: "*Oscaria - sapatos e meias para toda a família*". Oscaria é uma das lojas de calçados mais famosas da Suécia.

Mascote brasileiro

Um torcedor muito especial se tornou amigo dos jogadores e fazia de tudo para acompanhar a seleção na Suécia. Estamos falando do advogado Cristiano Lacorte, que virou mascote da seleção brasileira de 1958. O rapaz pagou a viagem do próprio bolso e era visto com frequência ao lado de Bellini e Didi. Cristiano andava de cadeira de rodas e recebia a ajuda dos atletas nos deslocamentos. A *Revista do Rádio* o descreveu assim: "*O nome de Cristiano Lacorte ficou conhecido internacionalmente desde a Copa do Mundo, na Suécia. Foi ele a marca do torcedor exaltado, dono absoluto de incrível tenacidade. Faz parte de uma conhecida turma de rapazes cariocas, a turma da rua Miguel Lemos. Muita gente de rádio que reside nas cercanias olha a rapaziada com simpatia. Dizem que até Floriano Faissal [ator] é sócio honorário da turma.*"

Na volta ao Brasil, Cristiano Lacorte estava na cerimônia com os campeões do mundo no Palácio do Catete e recebeu uma homenagem do presidente Juscelino Kubitschek. Ele ganhou uma medalha e um diploma com a inscrição "Representante da torcida brasileira na Suécia". Justa homenagem! Cristiano era filho do cientista José Guilherme Lacorte.

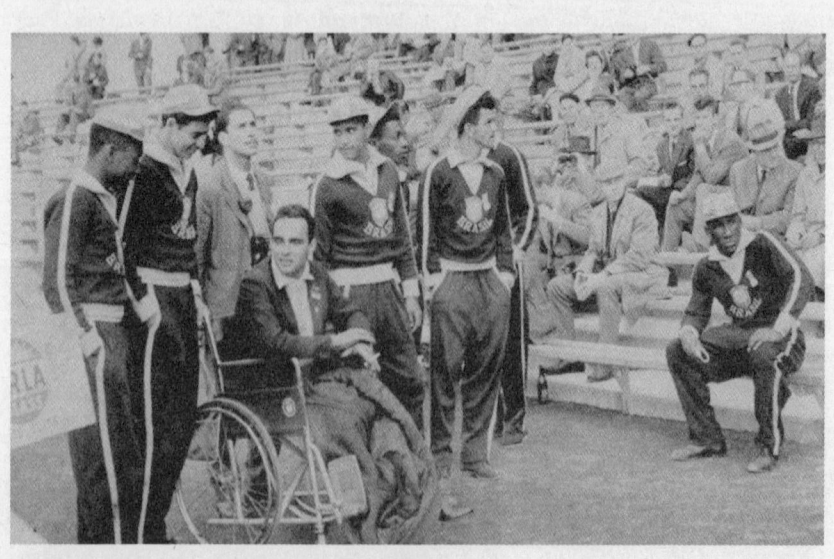

Cristiano Lacorte com os jogadores da seleção
(*Fundo Correio da Manhã*/Acervo Arquivo Nacional)

O desafeto do Marechal

O jornalista Geraldo Bretas, uma das figuras mais polêmicas da crônica esportiva brasileira, era inimigo de Paulo Machado de Carvalho e apostava no fracasso da seleção na Copa. De acordo com o livro *Marechal da Vitória*, o cronista editava o jornal *O Mundo Esportivo* e a sede da publicação, que ficava na rua Sete de Abril, no centro de São Paulo, sofreu depredação por parte de torcedores, depois da conquista do título. Já o jornal *O Cartaz* provocou os desafetos do Marechal: "*Gritem agora, Geraldo Bretas e Mário Moraes! O Brasil é o campeão*". Além de Bretas, Mário Moraes também era um crítico do trabalho de Paulo Machado de Carvalho.

O amigo do Marechal

Como surgiu o termo "Marechal da Vitória"? Joelmir Beting, um dos maiores jornalistas econômicos do país, começou a carreira trabalhando na cobertura de futebol. Em 1958, ele era redator do jornal paulistano *O Esporte*. Joelmir escolheu a foto de Paulo Machado de Carvalho que iria ilustrar a capa da edição comemorativa pelo título inédito, quando lhe ocorreu o termo.

E viva ao Marechal!

Diário de uma vitoriosa

O jornalista Clovis Glycerio Gracie de Freitas foi enviado pelo *Estadão* para cobrir a Copa e teve a companhia da esposa, Naydina Aranha de Freitas. Cuidadosa, ela fez um diário daquela viagem inesquecível. Abaixo, alguns trechos dos relatos do dia 29 de junho:

"*Domingo. Dia do jogo! Amanheceu Stockholm sob uma chuva torrencial, cheguei mesmo a acordar durante a madrugada e chamar o Clovis para que visse o tempo que nos era tão pouco propício. (...) Às 14 horas, saímos do hotel em três automóveis. Fomos, confesso, nervosos e apreensivos. (...) Ao som do hino nacional a emoção era tal que chorei feito uma louca. (...). 5 x 2 foi a sonora contagem. Delírio dos brasileiros ao término da partida.*

Choro convulsivo de jogadores, emoção geral. Ficamos eufóricos, abraçávamo-nos, ríamos e parecíamos uns doidos. O rei desceu ao gramado para cumprimentar os vitoriosos. (...) Podíamos voltar à nossa terra de cabeça erguida, pois tínhamos sabido defender as nossas cores dentro de uma perfeita harmonia, debaixo de exemplar comportamento. (...) Nós fomos ao hotel trocar de roupa, pois combinamos a comemoração no restaurante Hassel Becker, onde iam todos os torcedores (...)."

Podemos imaginar como foi divertida aquela comemoração!

Missa depois do jogo

No Rio de Janeiro, em meio aos festejos pela conquista da Copa, em 29 de junho, fiéis não deixaram de comparecer à igreja. "*Hoje também se festejam os Santos Apóstolos Pedro e Paulo – disse, rindo, o padre da igreja do Leme, ao começar o sermão da missa vespertina de domingo, dia em que o Brasil conquistou a Copa do Mundo*", informou o *Jornal do Brasil*. Durante a missa, ainda era possível ouvir os fogos de artifício.

Santa euforia!

Resistências familiares

Quando Paulo Machado de Carvalho foi escolhido para chefiar a delegação brasileira na Copa, a família dele não gostou da indicação, pois achava que o dirigente seria muito criticado pela imprensa. Por outro lado, o cartola não era muito fã de viagens ao exterior. Na juventude, foi estudar em Genebra, na Suíça, experiência que não trazia boas recordações a ele.

Reis da Suécia

Até hoje, a geração sueca que foi vice-campeã do mundo em 1958 é reverenciada no país. Os ex-jogadores tinham orgulho de fazer parte da equipe que perdeu para o Brasil e eram constantemente convidados para participar de homenagens, recepções e outros eventos. Muitos daqueles atletas foram campeões da Olimpíada de 1948, em Londres. Os suecos venceram a Iugoslávia na final, por 3 a 1, gols de Gren (2) e Nordahl. O capitão Liedholm também fazia parte daquele grupo que, dez anos depois, já envelhecido, perdeu a decisão da Copa para os brasileiros.

Pelo menos, na Suécia, o vice-campeonato é motivo de comemoração!

Vamos ver o Brasil na final?

O proprietário do Tourist Hotel, em Hindas, identificado pela imprensa como Sr. Wahlgren, resolveu fechar o estabelecimento e alugou um ônibus para levar os funcionários a Estocolmo.

Como é caro!

O jornalista Thomaz Mazzoni, de *A Gazeta Esportiva*, reclamava dos preços na Suécia e da dificuldade na conversão do dinheiro local para o cruzeiro, moeda brasileira da época: "*Os bancos (...) pouco conhecem e operam com o cruzeiro e pagam uma coroa sueca por 33 cruzeiros! Façam ideia, e note-se que a coroa no Brasil é trocada a Cr$ 25,00. Nessa base, aqui só se pode trocar o dólar. De modo que tudo é horrivelmente caro*". Segundo ele, as dificuldades no câmbio também prejudicavam o trabalho da imprensa: "*O cúmulo do cúmulo é a cobrança - para os jornalistas - de uma fotografia da partida na base de 30 coroas! Ora, um país que realiza a Taça do Mundo para fazer desses negócios, não devia!*"

Não devia ser fácil mesmo.

Bola vazia

As equipes de Brasil e União Soviética já estavam no gramado, aquecendo-se, quando Zagallo percebeu que a bola da partida estava muito cheia. Segundo relato da *Manchete Esportiva*, o ponta chamou um fotógrafo: "*Bate uma fotografia minha com a bola do jogo. Depressa*". O fotógrafo estranhou o pedido, mas fez o retrato do jogador segurando a bola. Zagallo tinha um "bico" guardado e esvaziou um pouco a bola. O árbitro Guigue nem percebeu. "*Tinha de esvaziar um pouco. Esses caras enchem muito a bola e isso atrapalha a gente*", disse o ponteiro.

O dentista estragou a festa

Também antes do jogo contra a URSS, Mário Trigo foi avisado de que alguém tinha espalhado pregos pelo gramado e prontamente começou a retirá-los. Instantes depois, um grupo de ginastas suecas entrou no campo para dar início à uma exibição que antecederia a partida. As moças então começaram a procurar os pregos, usados para sinalizar a posição delas. Depois da apresentação, cada uma retirou os pregos. *"Os que sobraram, é claro"*, conforme relato publicado na *Manchete Esportiva*.

Combinaram com os russos?

Na preleção para o jogo contra os soviéticos, Feola deu todas as orientações a Garrincha, como e quando driblar os adversários. Mané ouviu com atenção, mas depois disparou: *"Combinaram com eles?"*

Foi uma gargalhada geral.

Sopa no feijão

Quando Vicente Feola foi confirmado como treinador para a Copa, a *Manchete Esportiva* resolveu ouvir a opinião do cozinheiro Oliveira, que trabalhava para a seleção. Ele não quis entrar em polêmica e se limitou a dizer: *"Estarei lá para temperar o nosso feijão. Estarei lá para temperar tudo. E que influi essa questão de comida de casa, não me venham dizer que não influi, porque influi mesmo. Sabe lá o que é comer abacate com peixe e azeite? Portanto, desde já, digo a quem for à Suécia. A fome de feijão não acontecerá. Se derem sopa para os mineiros ou para cariocas e paulistas que gostarem, até tutu terá sua vez (...)."*

Off records

Em um dos treinos da seleção no Pacaembu, a imprensa brasileira flagrou uma longa conversa entre Mazzola e o ex-atacante Arthur Friedenreich, uma lenda da história do futebol brasileiro dos anos 20 e 30. *"El Tigre"* ou *"Fried"* deve ter dado conselhos ao jogador que estava sendo vendido para a Itália. Um repórter da revista *Manchete* tentou abordá-los, mas não conseguiu obter qualquer informação.

Mazzola: "*Nada de especial. Só conversa.*"

Fried: "*Estava lhe contando algumas coisas.*"

Serei excomungado?

Pelé se recorda que a mãe, Celeste, proibia-o de olhar para as mulheres que trabalhavam nas zonas de prostituição de Bauru, interior de São Paulo. Já na Suécia, moças costumavam fazer topless no lago onde ficava a concentração brasileira, em Hindas. Mesmo longe de casa, o futuro Rei do futebol se esforçava para não observar as garotas.[44] O que dona Celeste pensaria?

Festa antes da festa

Antes dos jogos da Copa, os organizadores usavam a imaginação para entreter o público que ia chegando e se acomodando nas arquibancadas: "*(...) Mais de cinquenta conjuntos folclóricos, dez orquestras e dezenas de artistas especializados já se exibiram perante as plateias esportivas. Os suecos estão adotando na Copa do Mundo um sistema de entretenimento para o torcedor muito significativo. Antes dos jogos, em vez de preliminares cansativas, têm oferecido magníficas exibições de ginásticas, 'shows', etc. Até helicópteros têm pousado nos campos, trazendo as bolas oficiais, ou os juízes, ou simples material de propaganda de algum artigo esportivo, que é prontamente distribuído ao público. No jogo Suécia x País de Gales, o juiz chegou ao estádio numa riquíssima carruagem. O sol brilhava muito pálido e o frio era tremendo. Aqui e ali havia pequenos montículos de neve teimosa, disposta a estragar o verão que os suecos tanto adoram (talvez por só o conhecerem a cada três meses do ano)*". O relato é da *Manchete Esportiva*.

Mudança de trajeto

O presidente da CBD, João Havelange, teve uma reunião com policiais do Rio de Janeiro e discutiu o trajeto para a recepção dos jogadores pelas ruas da cidade: "*Não desejamos uma festa vulgarizada*", declarou ao *Jornal do*

---

44. Depoimento de Pelé à ESPN Brasil (2008).

Brasil. Os atletas desembarcariam no Galeão e batedores do Exército acompanhariam a comitiva até o centro da cidade. O itinerário exato programado era esse: Avenida Brasil, Avenida Rodrigues Alves, Praça Mauá, Avenida Rio Branco, Avenida Beira-Mar, Rua Silveira Martins e Palácio do Catete. No entanto, antes do encontro com o presidente da República, a seleção foi recebida na sede da revista *O Cruzeiro*, o que provocou o atraso na chegada ao Catete.

O "torneio início" da Copa

O "Rio-São Paulo" era um torneio tradicional do futebol brasileiro, disputado no começo de cada ano. A edição de 1958 ajudou o técnico Vicente Feola a observar jogadores que poderiam ser convocados para a Copa. Lembrando que a seleção campeã era formada apenas por atletas dos estados do Rio de Janeiro e de São Paulo. Naquele ano, o torneio foi vencido pelo Vasco da Gama. Entretanto, a competição de 1958 entrou para a história por causa de um jogo fantástico: Santos 7 x 6 Palmeiras, no Pacaembu, em 6 de março, cerca de três meses antes da estreia da seleção na Copa.

Foi um duelo para cardíaco nenhum botar defeito.

Naquela noite, o Palmeiras jogou com: Edgar (Vitor), Edson e Dema; Waldemar Carabina, Waldemar Fiúme e Formiga (Maurinho); Paulinho, Nardo (Caraballo), Mazzola, Ivan e Urias. O técnico era Oswaldo Brandão. Já o Santos, entrou em campo com: Manga; Hélvio e Dalmo; Fioti, Ramiro (Urubatão) e Zito; Dorval, Jair, Pagão (Afonsinho), Pelé e Pepe. A equipe da Vila Belmiro, treinada por Lula, conseguiu vantagem de 5 a 2 no primeiro tempo. Na etapa final, o Palmeiras chegou a 6 x 5, mas o Santos virou de novo, fechando o placar: 7 a 6! Um jogaço. Dos que estavam em campo naquela noite, Pelé, Zito, Pepe e Mazzola foram convocados para a Copa. A manchete da *Gazeta Esportiva* retrata bem o que foi o jogo: *"Espetáculo pirotécnico de gols."*

Aquele ano de 1958 foi realmente muito especial. No Campeonato Paulista, Pelé marcou 58 gols! Você não leu errado: 58!

Feola observa Didi calçar as chuteiras
(*Fundo Correio da Manhã*/Acervo Arquivo Nacional)

Não acredito em bruxas (mas que elas existem, existem!)

Não só Paulo Machado de Carvalho era supersticioso. O craque Didi também tinha algumas manias. O jogador gostava de se sentar na mesma poltrona do ônibus que transportava a seleção a caminho dos jogos da Copa. No entanto, em um dos deslocamentos, o psicólogo João Carvalhaes entrou primeiro no veículo e ocupou o lugar favorito do jogador. O atleta ficou reticente em pedir para trocar de assento: o que iria pensar um psicólogo se soubesse que ele, Didi, era supersticioso? No fim das contas, o craque brasileiro falou com o psicólogo que teria dito: "*Por superstição, pelo amor de Deus, sente-se.*"

Goleada inevitável

O jornalista Armando Nogueira, enviado à Suécia pela revista *O Cruzeiro*, foi tomar café no dia da final da Copa e parecia apreensivo. Um cronista inglês perguntou ao brasileiro por que ele estava calado. Armando respondeu que a seleção brasileira teria dificuldades por causa do campo molhado, em razão da chuva. O inglês foi taxativo: "*Se não tivesse chovendo, o Brasil ganharia de sete ou oito, mas com a chuva, vai ganhar de quatro ou cinco*". Segundo Armando Nogueira, o cronista não era profeta, mas entendia mais de futebol do que ele.

O jornalista ressalta ainda que o mundial de 1958 foi a Copa dos jogadores revolucionários, que mudaram a forma como o mundo encarava o futebol brasileiro. Armando Nogueira citava Nilton Santos, Didi, Pelé e Garrincha.

Com "Y" e dois "Ls"

As fontes mais antigas sobre a Copa de 1958, como jornais, revistas e livros, trazem grafias erradas do nome do goleiro brasileiro e do sobrenome do capitão do selecionado nacional. A grafia correta de Gylmar era com "Y", conforme nos lembra o seu filho Marcelo. Já Bellini era com duas consoantes "l".

O homem da "gaitinha"

O compositor Ary Barroso, que transmitiu jogos de futebol pelo rádio nos anos 40 e 50, estava em êxtase com a conquista brasileira, de acordo com a *Revista do Rádio*: "*Emocionado, Ari Barroso disse que agora já pode morrer feliz, porque viu o Brasil levantar uma Copa do Mundo. Terminou dizendo que todos os locutores que irradiaram da Suécia foram espetaculares e que eles jamais poderão avaliar a alegria que deram aos milhões de brasileiros. Isso aconteceu no jantar que esta revista ofereceu aos radialistas que transmitiram a Copa do Mundo.*"

Em transmissões esportivas, Ary Barroso tocava uma gaita a cada gol marcado. Quando o tento era do Flamengo, time do coração dele, o som do instrumento era propositalmente mais prolongado. O compositor acompanhou a Copa "*in loco*". Estava de férias na Europa.

Oh, sorte!

Mais do que um roupeiro

Assis fez uma promessa, caso o Brasil ganhasse a Copa: colocaria um saco de mil quilos nas costas e sairia cantando por aí. De acordo com a *Manchete Esportiva*, o roupeiro da seleção tinha sob sua responsabilidade: "*(...) 200 camisas de lã (...). Mais 200 calções. 50 agasalhos, dezenas de pares de chuteiras, dezenas de bolas, tênis, joelheiras, tornozeleiras, material para consertar chuteiras, meias de tudo quanto é tipo. Assis carrega 100 kg de uma só vez.*"

Será que conseguiu carregar todo o peso prometido?

Não tem dinheiro para Pelé

Depois da conquista da Copa, Paulo Machado de Carvalho resolveu fazer um agrado aos jogadores. Os atletas estavam perfilados, todos de terno, e o cartola foi colocando uma nota de cem dólares no bolso de cada um. Entretanto, na hora de dar o dinheiro a Pelé, o dirigente resolveu "pular" o garoto, que ficou com os olhos marejados. Mas a atitude de Paulo Machado de Carvalho tinha uma justificativa: como o craque ainda era menor de idade, preferiu levar o garoto para comprar presentes para os pais. Essa história é contada pelo jornalista e radialista Alexandre Pittoli, nascido em Bauru, terra que acolheu a família de Pelé nos anos 40.

O cinema e os craques

A *Manchete* traz uma nota curiosa sobre Pelé: "*O único vício de Pelé é o cinema. Seus olhos se arredondam (ainda mais) quando um Burt Lancaster desfere o soco definitivo no bandido*". Como todo o garoto, Pelé adorava ir ao cinema.

Já a *Revista do Rádio* informa que o capitão brasileiro, Bellini, chegou até mesmo a ser assediado por produtores de cinema: "*Bellini em Hollywood. (...) Depois da Copa do Mundo na Suécia, os produtores de Hollywood voltaram-*

-se para os jogadores brasileiros. Acharam que Bellini era um tipo cinematográfico e já enviaram representantes ao Brasil, a fim de tentarem a conquista do craque. Não se sabe se o Vasco da Gama 'venderá' o passe... Por outro lado, Bellini falou a um jornalista: – Acho que meu negócio é mesmo a bola."

Bellini não trocou os estádios pelos estúdios. Era um artista, só que da bola. Sorte do Brasil!

Mazzola, outro craque brasileiro, também foi comparado a um artista. "*Mazzola Rock'n goal*", destacava a *Manchete Esportiva*. "*Pinta de James Dean, Mazzola gosta de dança, mas a vida, para ele, tem um ritmo normal. E vem se revelando bem.*"

O "frango" de Gylmar e mais prêmios

Em São Paulo, os campeões do mundo tiveram audiências com o governador Jânio Quadros. De acordo com a revista *Manchete*, o futuro presidente da República deu um "presente" inusitado a Gylmar dos Santos Neves: "*(...) Gylmar ganhou um frango assado do governador Jânio Quadros, que preparou a comida para o goleiro dizendo: 'Há muito tempo que Gylmar não engole um frango e deve estar com fome'*". Sobre os prêmios dados aos jogadores, a publicação diz que Pelé ganhou um carro e uma casa e Vavá, um jipe! E mais: relógios de ouro, ações da Petrobras e de uma fábrica de bicicletas, crediários para roupas até o fim da vida, direito a gasolina grátis, televisão e dinheiro.

Já a Companhia América Fabril, onde Garrincha trabalhou na juventude, deu uma casa de presente ao jogador. O imóvel ficava na rua Demócrito Seabra, número sete, em Pau Grande, Rio de Janeiro. Aliás, o *Diário Carioca* registra que o ministro da Guerra, Henrique Teixeira Lott, foi à cidade natal de Garrincha para cumprimentar o pai de Mané, Amaro Francisco dos Santos.

O Jockey Club Brasileiro, presidido por Mário Azevedo Ribeiro, doou 500 mil cruzeiros para que o cheque fosse repartido igualmente entre os campeões.

"Pra frente Brasil"

O compositor Miguel Gustavo, do *hit "Pra frente Brasil"*, que virou o hino da seleção que conquistou a Copa de 1970, estava na Europa em 1958. Mas, segundo a *Revista do Rádio*, ele viajou à França e não à Suécia: "*Miguel Gustavo e Sagramor de Scuvero [esposa dele e radioatriz] assistiram às vitórias brasileiras de Paris*". O compositor exaltava a televisão: "*Entre as muitas coisas que naturalmente o impressionaram na Europa, Miguel Gustavo destaca a televisão, melhor dito o avanço da televisão, sua nitidez, as redes que se formam para transmitir grandes acontecimentos, a supremacia, enfim, que pelo menos na Europa, a TV vai adquirindo. Em verdade, levam os europeus a vantagem territorial, com a quase unificação de muitos países, tornando fácil a formação de sub-estações, de redes, de outros problemas.*"

Vamos jogar na Europa?

De acordo com a imprensa brasileira, Mazzola, comprado pelo Milan, iria embarcar para a Europa no dia 15 de agosto de 1958. Depois da Copa, outros clubes do continente também demonstraram interesse nos passe de vários campeões mundiais. Os italianos também queriam Vavá e Bellini. Já os espanhóis sonhavam com Pelé e Didi.

Desses, apenas Didi foi para o Real Madrid, em 1959.

"Bolo de futebol"

Quando a aeronave que trazia os campeões deixou a Europa, o comandante do DC7-C, Guilherme Bungner, ofereceu aos atletas um bolo que tinha o formato de campo de futebol.

A bola de cristal de Pelé

Em agosto de 1957, a revista *Manchete Esportiva* publicou uma reportagem com o jovem Pelé. O jogador estava com um turbante e olhava fixamente para uma bola de cristal. O que o futuro lhe reservava? A publicação acertava nas projeções: "*Que o moleque criou fama, disso ninguém* duvida. *De norte a sul do Brasil, já se fala de Pelé, como se fosse ele o único capaz de redimir o futebol indígena, meio capengando de uns tempos para cá*". A reportagem dizia que Pelé era um garoto de 16 anos que não tinha ainda idade mínima para assinar contrato com um clube de futebol. O pai dele, Dondinho, era o responsável legal. Sobre os estudos, Pelé dizia: *"(...) 'Para falar verdade, não sou lá muito amigo dos livros. Mas o que fazer, se meu pai quer que eu estude?'"*

Bênçãos

Ao comemorar o título do escrete nacional, o Arcebispo auxiliar do Rio de Janeiro, D. Helder Câmara, declarou: *"O coração me diz que esta vitória é o prenúncio de outras épocas que Deus reserva para breve no plano internacional."*

Por falar em religiosidade, fotos da revista *Manchete Esportiva* mostram os jogadores do Paraguai na Basílica de São Pedro, no Vaticano. Antes da Copa, os atletas foram pedir proteção e eles tiveram sorte: o Papa Pio XII apareceu na janela.

Cadê o estádio?

Quem viajar à Suécia e quiser fazer uma visita ao Estádio Rasunda, em Solna, Estocolmo, vai se decepcionar. A estrutura começou a ser demolida em 2012 para dar lugar a edifícios residenciais. Naquele mesmo ano, foi inaugurado, também na capital sueca, o Friends Arena, uma praça de esportes bem mais moderna. Lembrando que Solna é uma cidade que fica no condado de Estocolmo, como se fosse um município da região metropolitana de São Paulo.

Ceguinho da seleção

De acordo com Mário Filho, o supervisor da seleção, Carlos Nascimento, tinha o apelido de "ceguinho", pois sem óculos não enxergava nada.

Ainda bem que ele não era jogador!

Feola e a poltrona

Por falar em Mário Filho, o jornalista, que dá nome ao Maracanã, demonstrou grande preocupação com a escolha de Vicente Feola para comandar a seleção: "*Muita gente está alarmada; não vê mais jeito. Como se não bastasse o quase tempo nenhum que o escrete vai ter para treinar, o sorteio botou o Brasil na pior chave. Então se descobriu que Vicente Feola, em que ninguém realmente pensava como técnico, tem vinte e dois dias de pressão. Quando vem ao Rio e visita a CBD e se afunda numa poltrona de couro, macia, profunda, adormece logo: imagina-se o bom Feola, que até se chama o Feola de bom, na Suécia, dormindo e se dá o Brasil como perdido.*" (*Manchete Esportiva*)

Os agrados de Paulo

Paulo Machado de Carvalho se preocupava com os jogadores e tentava agradá-los de todas as maneiras. Notou, certa vez, que Gylmar dos Santos Neves estava cabisbaixo: era a saudade de casa e a vontade de falar com a família. O dirigente resolveu o problema ao arrumar um equipamento de rádio amador. O goleiro brasileiro ficou meia hora conversando com a mulher.

Já Didi, que também estava com saudade da esposa, Guiomar, e da filha, Rebeca, recebeu um agrado: conversou longamente com o chefe em um bate-papo regado a *whisky*. Paulo Machado de Carvalho estava desrespeitando o próprio manual de conduta, que proibia bebida na concentração.

Em relação a Garrincha, o dirigente gostava de dar sustos em Mané e brincava com ele: "*teje preso*". O ponta caía na gargalhada. E por falar em susto, o ponteiro comprou uma cobra de plástico para pregar uma peça em Zagallo.

Casório do Waldir

O grande narrador esportivo Waldir Amaral, da Continental, teve que desmentir boatos que foram divulgados pela imprensa. Ele negou que iria aproveitar a viagem à Suécia, onde faria a cobertura da Copa, para se casar em Paris. A *Revista do Rádio* esclareceu: "*(...) Waldir Amaral desmentiu que iria se casar na França. (...) Um bom amigo afiançou-nos que no seu regresso revelaria o nome de sua noiva. E isso realmente aconteceu (...)*". O nome da noiva de Waldir Amaral era Áurea Celeste, ex-rainha dos "Jogos da Primavera".

Os dois se casaram no início de 1959.

Filó e mais vinte e dois

Os vinte e dois campeões de 1958 não foram os primeiros brasileiros a ganhar uma Copa. No longínquo ano de 1934, um jogador nacional venceu o mundial, mas com a camisa da Itália. O nome dele: Amphilóquio Guarisi Marques. Outras fontes citam o primeiro nome dele, como Amphilógino. Nascido em São Paulo, em 1905, o ítalo-brasileiro fez história no Corinthians. Atuou ainda pelo Paulistano, Portuguesa de Desportos e Palestra Itália. Na Itália, vestiu a camisa da Lazio. No Brasil ele ficou conhecido como Filó e na Itália como Guarisi. Na Copa de 1934, o atleta brasileiro não entrou em campo, foi reserva da equipe comandada por Vittorio Pozzo. Morreu em 1974, aos 68 anos.

Referências

<u>Jornais</u>

Folha de S. Paulo

Estado de S. Paulo

O Globo

Jornal do Brasil

Gazeta Esportiva

Folha da Manhã

Diário Carioca

Jornal dos Sports

<u>Revistas</u>

Manchete

Manchete Esportiva

O Cruzeiro

Gazeta Esportiva Ilustrada

Revista do Esporte

Revista do Rádio

O Mundo Ilustrado

Livros

ANDRADE, Carlos Drummond de. *Quando é dia de futebol*. São Paulo: Companhia das Letras, 2014.

BIBAS, Solange. *As Copas que ninguém viu*. Rio de Janeiro: Catavento, 1982.

CARDOSO, Tom. *O Marechal da Vitória: uma história de rádio, TV e futebol*. São Paulo: A Girafa, 2004.

CASTRO, J. Almeida. *Histórias da bola*. Portugal: Talento, 1998.

CASTRO, Ruy. *Estrela Solitária, um brasileiro chamado Garrincha*. Rio de Janeiro: Companhia das Letras, 1995.

CORAÚCCI, Carlos. *Um show de rádio: a vida de Estevam Sangirardi*. São Paulo: A Girafa, 2006.

CORDEIRO, Luiz Carlos. *De Edson a Pelé: a infância do Rei em Bauru*. São Paulo: Dorea Books and Art, 1997.

DUARTE, Orlando. *Fried versus Pelé*. São Paulo: Makron Books, 1994.

DUARTE, Orlando. *Pelé, o Supercampeão*. São Paulo: Makron Books, 1993.

DUARTE, Orlando. *Todas as Copas do Mundo*. São Paulo: Makron Books, 1994.

FILHO, Mário. *Viagem em torno de Pelé*. Rio de Janeiro: Mário Filho, 1963.

GARRIDO, Atílio. *Maracanazo: a história secreta*. Brasil: Livros Limitados, 2014.

GOUSSINSKY, Eugenio; ASSUMPÇÃO, João Carlos. *Deuses da bola*. São Paulo: Dórea Books and Art, 1998.

HEIZER, Teixeira. *Maracanazo*. Rio de Janeiro: Mauad, 2014.

HEIZER, Teixeira. *O Jogo Bruto das Copas do Mundo*. Rio de Janeiro: Mauad, 1997.

LANCELLOTTI, Sílvio. *Almanaque da Copa do Mundo*. Porto Alegre: L&PM, 1998.

LÉO, Alberto. *História do Jornalismo Esportivo na TV brasileira*. Rio de Janeiro: Editora Maquinária, 2017.

MAZZONI, Thomaz. *O mundo aos pés do Brasil*. São Paulo: Gazeta Esportiva, 1958.

MENDES, Luiz. *7 mil horas de futebol*. Rio de Janeiro: Freitas Bastos, 1999.

NOGUEIRA, Armando; SOARES, Jô; MUYLAERT, Roberto. *A Copa que ninguém viu e a que não queremos lembrar*. São Paulo: Companhia das Letras, 1994.

PELÉ. *A autobiografia*. São Paulo: Sextante, 2006.

PERDIGÃO, Paulo. *Anatomia de uma derrota*. Porto Alegre: L&PM, 1986.

RIBAS, Lycio Vellozo. *O Mundo das Copas*. Brasil: Lua de Papel, 2010.

RODRIGUES, Nelson. À sombra das chuteiras imortais. São Paulo: Companhia das Letras, 1998.

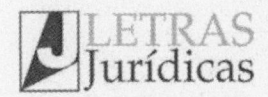

QUEM SOMOS

As Editoras **LETRAS JURÍDICAS** e **LETRAS DO PENSAMENTO**, com 22 anos no mercado *Editorial e Livreiro* do país, são especializadas em publicações jurídicas e literatura de interesse geral, destinadas aos acadêmicos, aos profissionais da área do Direito e ao público em geral. Nossas publicações são atualizadas e abordam temas atuais, polêmicos e do cotidiano, sobre as mais diversas áreas do conhecimento.

As Editoras **LETRAS JURÍDICAS** e **LETRAS DO PENSAMENTO** recebem e analisam, mediante supervisão de seu Conselho Editorial: a**rtigos**, d**issertações**, **monografias e teses jurídicas** de profissionais dos *Cursos de Graduação, de Pós-Graduação, de Mestrado e de Doutorado, na área do Direito e na área técnica universitária,* além de obras na área de literatura de interesse geral.

Na qualidade de *Editora Jurídica e de Interesse Geral*, mantemos uma relação em nível nacional com os principais *Distribuidores e Livreiros do país*, para divulgarmos e para distribuirmos as nossas publicações em todo o território nacional. Temos ainda relacionamento direto com as principais *Instituições de Ensino, Bibliotecas, Órgãos Públicos, Cursos Especializados de Direito* e todo o segmento do mercado.

Participações em Feiras **Nacionais e Internacionais**.

NOVIDADE!!! O Autor (a) da LJ/LP receberá uma página exclusiva para inserir sua biografia, fotos, vídeos e artigos de sua área e geral, para interagir com o leitor e ter maior visibilidade no mercado.

Na qualidade de *editora prestadora de serviços*, oferecemos os seguintes serviços editoriais:

✓ Análise e avaliação de originais para publicação;	✓ Fotografia: Escaneamento de material fotográfico;
✓ Redação, Revisão, Edição e Preparação de Texto;	✓ Gráficas – Pré-Impressão, Projetos e Orçamentos;
✓ Assessoria Técnica Editorial;	✓ Ilustração: projeto e arte final;
✓ Cadastro do ISBN – CBL e SNEL;	✓ Áudio Books;
✓ Ficha catalográfica – CBL e SNEL;	✓ Livros Digitais, formatos E-book e Epub;
✓ Design e montagem da Arte de capa;	✓ Organização de Lançamentos, eventos, palestras e workshops;
✓ Digitação e Diagramação de textos;	✓ Pesquisa Editorial CBL e SNEL.
✓ Direitos Autorais: Consultoria e Contratos;	✓ Peças Publicitárias - Banners, Cartazes, Convite de Lançamento, Folhetos, Marcadores de Página e peças em geral de divulgação e publicidade.
✓ Elaboração de sumários, de índices e de índice remissivo;	
✓ Fotografia: Escaneamento de material fotográfico;	

Nesse período a *Editora* exerceu todas as atividades ligadas ao setor **Editorial/Livreiro** do país. É o marco inicial da profissionalização e de sua missão, visando exclusivamente ao cliente como fim maior de seus objetivos e resultados.

"NOSSAS MARCAS MOSTRAM AS LETRAS DO FUTURO"

O EDITOR

A Editora reproduz com exclusividade todas as publicações anunciadas para empresas, entidades e/ou órgãos públicos. Entre em contato para maiores informações.
Nossos sites: www.letrasjuridicas.com.br e www.letrasdopensamento.com.br
E-mails: comercial@letrasjuridicas.com.br e comercial@letrasdopensamento.com.br
Telefone/fax: (11) 3107-6501 – 99352-5354

Impressão e Acabamento | Gráfica Viena
Todo papel desta obra possui certificação FSC® do fabricante.
Produzido conforme melhores práticas de gestão ambiental (ISO 14001)
www.graficaviena.com.br